KB068418

외모
지상
주의의
역설

얼굴을 가리면 알 수 있는 것들

외모 지상 주의의 **역설**

박상훈 지음

들어가는 글

/

"과연 운명이란 존재할까?"
이 책을 쓰면서 종종 머리를 스친 생각이다. 운명에 대해 깊게 생각해본 일이 많지는 않지만, 성형외과 의사로 20년 넘게 살아오다 보니 의사의 삶이 나의 운명이었겠구나, 하는 생각을 해보았다. 흔히 생각하는 의사, 특히 외과의사란 직업은 기본적으로 메스를 다루는 것을 업業으로 삼는다. 기술을 갖고 일을 하는 사람이다. 하지만 실제로 의사의 길을 걸어오면서 느낀 것은 의사의 일은 의외로 사람을 만나는 일이라는 것이다.

"내가 수술한 그들의 운명은 바뀌었을까?"
지난 20년 동안 성형외과 의사로 살아오면서, 또 타인의 외모를 변화시키는 일을 하면서 많은 사람들의 이야기를 들어보았다.
그들이 풀어놓는 외모에 대한 이야기는 무수히 다양했다. 그런데 그들의 사연을 가만히 들여다 보면, 그 모든 사연을 관통하는 하나의 주제가 있었다. 그리고 그것은 단순히 외모 자체가 아니었다. 바로 그들을 둘러싼 사람들, 그리고 사회, 세계와 연결되어 있는 무언가였다.

사람들은 모두 자기만의 기준으로 세상을 본다. 그것이 흑백일 수도 있고, 무지개 색깔일 수도 있고, 더 다양한 파스텔 색깔일 수도 있다. 나는 외모에 대한 이야기를 들으면서 그들의 색깔을 볼 수 있게 되었다. 그러면서 의문이 들었다. 다른 사람들은 이런 사실을 알고 있을까?

성형수술을 받는 사람들은 대부분 외모에 대한 문제 의식을 느끼거나 외모 때문에 마음에 상처를 받아온 사람들이었다. 그리고 그 상처를 극복하기 위해 어려운 결심을 하고 성형외과를 찾았다. 그 누구에게도 자기 몸에 칼을 대는 것은 쉽지 않을 것이다. 하지만 그들이 원하는 것이 절실하기에 이런 결정을 하게 되었으리라 생각된다.

내가 성형외과를 시작하던 20년 전에도 사람들은 외모와 성형에 관심이 많았다. 사실 너무 많다고 생각했다. 그런데 지금은 그때보다도 몇 배 외모에 대한 관심이 늘어났다. 마치 주식시장에서 이미 2배쯤 오르고 있어서 더 이상 오르기 어렵다고 생각했던 주식이 지금 10배 이상 올라 있는 모습을 보는 것 같은 기분이다. 혹자들은 외모지상주의 사회라고 한다. 성형, 하면 생각나는 연예인들 이야기, 그리고 매스컴을 장식했던 여러 일련의 사건들, 그리고 성형외과 이야기들.

나는 외과의사다 보니 특별히 문예文藝에 관심을 두지도 않았고, 이렇게 한 권의 책을 쓰는 일이 일어날 것이라 예상하지 못했다. 화려하게 이야기를 풀어놓는 데 익숙하지 않다. 사실 있는 이야기를 그대로 전달하는 것도 어려울 때가 많다. 내가 뛰어난 이야기꾼은 아니기에 그들이 겪은 마음의 상처를 모두 대변할 수는 없겠지만 누군가 이 책을 읽고 그들의 아픔을 이해할 수 있다면 그것으로 충분하겠다. 그리고 이 지독한 외모지상주의 세상이 이렇게 이루어져 있고 그들도 피해자일 수 있겠구나 라고 이해하게 되면 좋겠다. 이 책을 읽는 모든 사람들이 가감없이, 우리 시대, 우리 주위 사람들의 이야기를 읽은 편안한 마음으로 마지막 책장을 덮기를 바란다.

이 책이 나오기까지 많은 도움을 준 김태림 씨, 엄혜진 씨, 그리고 오랫동안 기다려주고 도움을 주신 RHK의 전상수 과장님에게 감사의 마음을 전한다. 그리고 마지막으로 지난 12년간 함께해온 아이디우스들과 사랑하는 중현, 지현과 기쁨을 나누고 싶다.

2017년 새해를 기다리며 박 상 훈

C O N T E N T S

P A R T 0 1 / 우리는 모두 외모 콤플렉스를 앓고 있다

PART 02 / 얼굴의 사회심리학

PART 0 3 / 누구나 예뻐지는 것을 꿈꾼다

PART 04 / 성형의 사회심리학

PART 05 / 지금은 생존성형시대

PART 06 / 성형, 인생이 달라질까?

PART 01

/

우리는 모두 외모 콤플렉스를 앓고 있다

#호기심 #외모지상주의라는 뜨거운 감자 #우리는 모두가 외모 콤플렉스를 앓고 있다
#얼굴, 나를 보여주는 창 #성형을 결정하는 과정, 에고ego의 싸움 #'성형' 과 '외모지상주의' 함께 바라보기
#성형외과 가는 것이 죄는 아니잖아요? #환자의 눈물 #백설공주 왕비의 거울 #예쁜 가족의 역설
#스티비 원더의 손목시계 #포샵의 끝은 자폐증이다

호기심

/

호기심의 사전적 의미는 '새롭고 신기한 것을 좋아하거나 모르는 것을 알고 싶어 하는 마음'이다. 내가 알지 못하는 것에 대한 관심은 늘 새로운 관점에서 생각하는 것을 가능하게 한다. 한 분야의 전문가로서 볼 때 호기심이란, 경계를 넘어 '왜?'라는 질문을 던지는 것이다. 나는 성형외과 의사이기 때문에 성형에 대해서는 전문가지만, 실제로 진료를 하면서 내가 알지 못하는 다양한 분야를 만나게 된다. 이렇게 다양한 분야에서 제 몫을 다하는 사람들을 만나다 보면, 내가 몸담고 있는 성형이라는 분야가 다른 분야와 직간접적으로 연결되어 있음을 알 수 있다.

진료를 하다 보면 다양한 분야에서 '왜'라는 질문을 던지게 된다. '한국인은 왜 이렇게 나이에 집착할까?', '왜 얼굴을 히잡Hijab으로 가리는

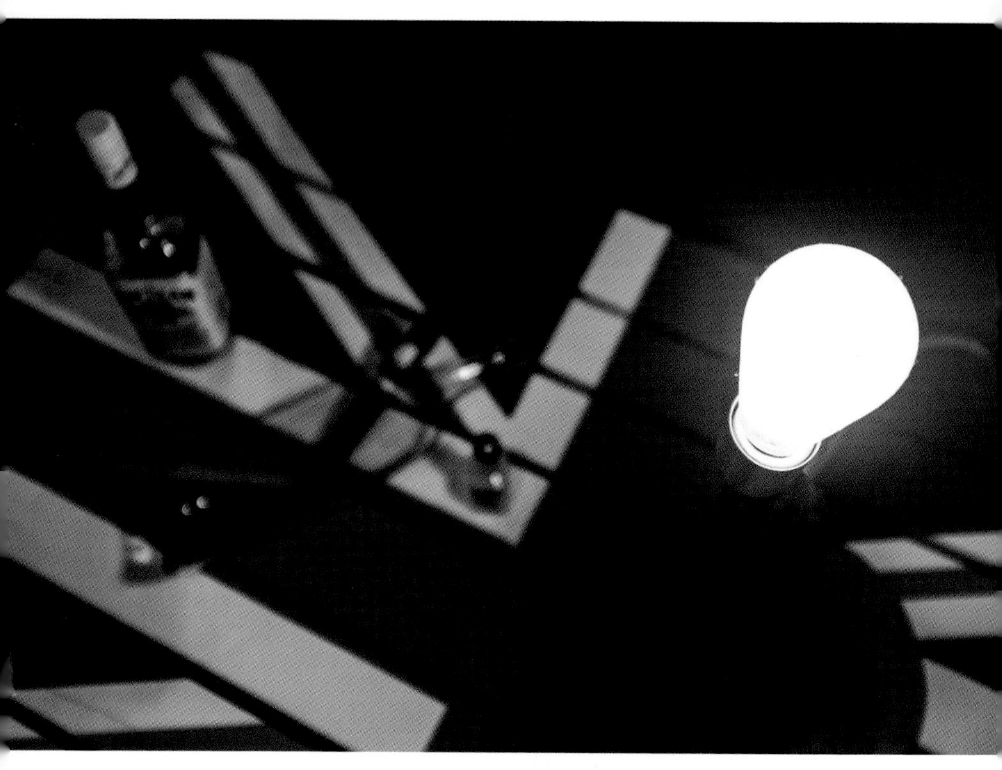

나는 모든 변화의 시작이 '왜?'라는 질문으로부터 시작된다고 생각한다. 모든 질문은 호기심에서 시작되는 것이다.

아랍인들이 성형수술을 할까?', '왜 경제적으로 잘 살게 되면 성형수술을 받는 비율이 높아질까?', '입을 벌리고 있으면 왜 머리가 나빠 보인다고 할까?', '아나운서는 왜 머리를 올려야 할까?'

이러한 질문들은 인류문화학과도 관계가 있고, 경제학적으로도 밀접한 관련이 있다. 이를 깨닫고 난 후, 나는 내 분야에 난 조그마한 창을 통해 내가 속해 있는 지구와 우주에서 일어나는 현상들을 보며 호기심을 가지고 '왜'라는 질문을 던지게 되었다.

혹자는 내가 던지는 질문에 '왜 이 사람은 저런 질문을 하지?'라 생각할 수도 있고, '왜 이 사람은 이렇게 반항적이지?'라며 불쾌해할 수도 있다. 더러는 내가 성형수술이나 성형을 하는 사람들을 변명한다 생각할 수도 있을 것이다.

그러나 나는 모든 변화의 시작이 '왜?'라는 질문으로부터 시작된다고 생각한다. 모든 질문은 호기심에서 시작되는 것이다. 다소 이상하게 느껴지더라도, 의미 없다 느껴질지라도 이 질문은 행동의 시작이 된다. 질문은 답을 모르기 때문에 하는 것이다. 사람은 누구나 질문할 자격이 있다. 질문할 자격은 특정 누군가에게 주어지는 것이 아니다. 어떤 질문은 성형외과 의사인 나에게 매우 불리하기도 하지만, 그럼에도 질문하는 것은 그저 내 분야 바깥의 세상 원리가 궁금하기 때문이다. 나에게 유리할 어떤 대답을 계산해 질문하는 것이 아니다.

2001년 뉴욕대학의 교환교수로 근무하던 시절, 하버드대학의 성형외과 주임교수님이 우리 대학에 와서 고별 강의를 하던 기억이 난다. 대부분 그분의 발견과 수술에 대한 이야기였지만, 마지막 부분에서 자신의 삶을 뒤돌아보며 의학자로서, 성형외과 의사로서 본인의 삶을 지탱해준 것은 'sense of wonder'라고 했다. 호기심 끝에 새로운 것을 알아냈을 때, 오랫동안 궁금했던 것을 알았을 때 느끼는 신비로운 느낌. 그분이 늙지 않고 항상 젊음을 유지하면서 많은 후배들에게 존경을 받았던 이유를 이해할 수 있었다.

질문에 대한 명확한 해답이 없어도, 나에게 유리하지 않아도 나는 늘 내 분야의 바깥 현상들이 궁금하다. 내가 하는 일을 사랑하기 때문이다. 호기심 덕분에 나는 다른 분야의 사람들이 나의 전문 분야를 만나게 되었을 때, 그들의 입장에 더욱 깊게 공감할 수 있다.

과연 앞으로의 성형수술은 어떻게 흘러갈까? 아마 이 책을 읽는 그 누구도 알 수 없을 것이다. 나 역시 그렇다. 내가 의대를 다니고 있을 때만 해도 성형수술이 이렇게 보편화될 것이라 생각지 못했으며, 성형수술을 받기 위해 국경을 넘는 사람들이 이렇게까지 증가하리라 예상하지 못했다. 지금 성형외과에서 일어나고 있는 대부분의 현상들은 약 10여 년 전만 해도 상상하기 힘든 것들이었다.

이 시점에서, 그리고 앞으로 먼 미래에 과거를 돌이켜볼 때 성형수술의 역사라는 맥락에서 중요한 의미를 부여하리라는 생각으로 이 책을 쓰는 것은 아니다. 그저 현재를 살아가고 있는 성형외과 의사 중 한 명으로서, 성형에 대한 현재의 사회적 시각과 견해를 기록으로 남겨두고 싶은 것이다. 2010년대 중반을 살아가고 있는 사람들에게 성형수술이란 어떤 의미인지 의사로서 겪어온 그대로의 경험을 담아내고 싶을 뿐이다.

다만 먼 훗날 이 책이 '성형외과 의사의 기록'으로 앞으로 일어날 또 다른 발전의 밑거름이 될 수 있다면 그것만으로도 나에게는 큰 영광일 것이다.

외모지상주의라는 뜨거운 감자

나는 어렸을 때부터 유난히 부실한 아이였다. 길 가다 잘 넘어지고, 넘어지면 어딘가가 부러지곤 했다. 그래서 초등학교 3학년 때까지 왼쪽 팔만 세 번 부러졌다. 처음에 팔이 부러졌던 여섯 살 때는 다락에서 떨어졌는데 다행히도 비교적 간단한 깁스 정도로 치료가 되었다. 하지만 두 번째로 팔이 부러졌을 때는 동네 가게로 심부름을 갔다 오다가 넘어져서 왼쪽 팔꿈치 부분의 뼈가 여러 조각으로 부서지는 바람에 전신마취 수술로 부러진 뼈 조각을 모아주어야 했다. 덕분에 내 왼쪽 팔에는 큰 상처가 남아 있고 아무리 곧게 뻗으려고 해도 밖으로 튕겨진 뼈가 보여서 팔 전체가 안쪽으로 굽어보이게 되었다. 주변 사람들이 이것 때문에 군대에 가지 않을 것이라는 이야기도 했을 정도로 팔이 굽어 있었다. 군대는 군대고, 초등학교 시절 내내 나는 이 팔 때문에 콤플렉스를 느끼고 있었다. 그래서 여름에도 반팔 옷을 잘 입지 않았다. 내가 다니던 초등학교는 교복을 입었는데, 조회시간이면 남학생과 여학생이 한 줄씩 서서 줄을 맞추기 위해 '앞으로 나란히'를 하며 정렬했다. 그래서 나는 조회시간이 싫었다. '앞으로 나란히'를 할 때가 되면 나는 요령껏 팔을 올리지 않고 줄을 맞추곤 했다. 반팔 교복 때문에 '앞으로 나란히'를 하면 곧게 펴지지 않는 팔의 모양과 흉터를 옆의 여학생에게 보이는 것이 너무나도 싫었던 것이다. 그런데 어느 날 담임선생님께서 내게 "왜 팔을 올리지 않느냐"며 나무라셨다. 순간 주위의 학생들이 나를 주시하게 되었고, 많은 친구들이 나를 지켜보는 가운데 나는 담임선생님의 지시에 따라 '앞으로 나란히'를 할 수밖에 없었다. 많은 학생들 앞에서 면박을 당한 것도, 또 친구들에게 나의 팔 상태와 흉터를 공개적으로 보여주게 된 것도 너무 창피하고 자존심 상해 울고만 싶었다. 그때 나는 담임선생님을 평생토록 미워하겠다고 다짐했던 기억이 난다.

세월이 흘러 중학교에 진학한 나는 어느 날 반팔 교복차림에 '앞으로 나란히'를 편안하게 하고 있는 나 자신을 발견했다. 순간 스스로에게 질문했다. '무엇이 변한 것일까? 여학생이 없어서일까? 내 자신이 성숙한 것일까? 자신감이 생긴 것인가?' 세 가지 모두 원인이 될 수도 있다. 사람이 가지고 있는 콤플렉스는 다양한 부분에서, 다양한 시기에 나타난다. 그중 외모에 대한 콤플렉스는 대개 여성과 남성의 성 분별이 생기는 사춘기를 기점으로 극대화되는 듯하다. "어린것들이 벌써 외모에만 신경 쓴다"는 핀잔은 사실 이러한 상황을 모르고 하는 말이다.

아르바이트 채용 정보를 알려주는 한 사이트에서 대학생 694명을 대상으로 설문조사를 실시했는데 그 주제가 외모 콤플렉스였다. 조사 결과는 남학생은 90퍼센트, 여학생은 95퍼센트가 자신의 외모에 불만이 있는 것으로 나타났다. 전체 응답자의 93.5퍼센트가 자신의 외모에 콤플렉스를 가지고 있다고 응답한 것이다. 구체적인 콤플렉스 부위에 대해서는 여학생은 최소 2개 부위 이상이었고 남학생도 역시 2개 이상의 부위에 콤플렉스를 가지고 있다고 답했다. 그렇다면 20~30대 직장인들은 어떨까? 다른 취업 전문 사이트의 설문조사 결과를 참고하면, 직장인들 역시 외모가 43.3퍼센트로 가장 큰 콤플렉스이고 다음은 학벌(20.1퍼센트)과 영어(16.9퍼센트) 순으로 집계됐다. 이 중 외모에 대한 콤플렉스의 경우 남녀 모두 큰 스트레스를 받는 것으로 나타났고, 심지어 응답자 2명 중 1명은 외모 때문에 직장생활에 불이익을 당한 경험이 있다고 답했다. 이에 따라 직장인들은 성형이나 운동 등을 통해 적극적으로 외모를 개선하고자 노력한다는 것이 함께 나타난 조사 결과였다.

이렇듯 대한민국의 젊은이들이 외모 콤플렉스를 앓게 된 데는 분명 사회적인 영향이 크다. 언제 어디서나 빠지지 않고 등장하는 말 중 하나가 '외모도 경쟁력'이다. 갈수록 모두 분야에서의 경쟁은 치열해지는 양상인데 외모를 가지고도 경쟁을 해야 하는 시대인 것이다. 젊은이들이 외모에 신경 쓰는 이유를 단순히 개인적 성향으로만 치부할 수 없는 사회임에 분명하다. 이러한 현실에서 미래를 이끌어갈 젊은이들이 외모 타령이나 한다고 일방적으로 탓할 수는 없다. 이 사회가 이미 외모를 경쟁력의 한가운데로 끌어들였기 때문이다.

우리는 모두가
외모 콤플렉스를 앓고 있다

모든 것이 경쟁인 시대, 경쟁력을 하나라도 더 갖춰야 뒤처지지 않는 사회이다 보니 평범한 외모의 사람들도 외모 콤플렉스를 앓을 수밖에 없다. 더구나 외모는 정확한 잣대가 있는 것도 아니고, 스펙처럼 자격을 취득할 수 있는 시험이나 기준도 없다. 외모는 바꾸고 가꿔야 성과가 보이고, 그 성과의 기준도 명확하지 않고 각양각색이다. 그래서 외모 콤플렉스는 매우 다양한 접근 방법으로 해결해야 한다. 비단 치열한 경쟁구도 속에 있는 젊은이들만 외모 콤플렉스를 느끼는 게 아니다. 진료실에 있다 보면 중년 이상의 기성세대들이 그동안은 내 집 마련, 자녀 교육 등으로 잠시 미뤄두었던 외모 콤플렉스를 해소하고자 찾아오는 경우도 많다. 그들 대부분은 어린 시절부터 가지고 있던 외모 콤플렉스를 해소하기 위해 나를 찾는다. 어느 날 갑자기 생긴 외모 콤플렉스가 아니란 얘기다. 그들은 나를 찾은 이유에 대해 "그동안 굳어진 내 이미지를 지금이라도 개선하고 싶다"라거나 "하루라도 마음에 드는 외모로 살다 죽고 싶다"라고 말한다. 그리고 그들은 자녀의 외모 콤플렉스를 상당히 적극적으로 해소해주고자 한다. 외모 콤플렉스를 안고 살아가는 일이 힘들다는 사실을 경험으로 누구보다 잘 알고 있기 때문이다. 또 외모로 인해 느꼈던 차별을 자녀만큼은 느끼지 않게 하겠다는 바람도 크다.

나의 진료실에 들어서는 환자의 꽤 많은 수가 외모 콤플렉스 때문에 우울증을 앓거나 대인기피증을 앓은 경험을 갖고 있다. 물론 내 전공이 얼굴뼈 전문의라서 안면 기형이나 비대칭이 심한 주걱턱 등 기능상의 문제와 외적인 문제를 두루 가지고 있는 환자들이 많아서이기도 할 것이다. 하지만, 얼굴 윤곽이 아니더라도 다른 부위에 대한 외모 콤플렉스로도 이와 같은 정신적 스트레스성 질환을 앓는 환자가 많다. 우리가 보기엔 부럽기만 한 탁월한 외모를 가진 연예인들도 자신의 외모에 불만을 나타내는 말을 해서 '망언'이라는 질타 아닌 질타를 받곤 한다. 외모가 대표적인 경쟁력일 수밖에 없는 직업의 속성상 우리 같은 일반인들과는 다른 기준을 갖고 있을 수도 있다. 연예인들조차 자신의 외모에 만족하지 못하거나 콤플렉스를 가질 만큼 우리 모두는 외모 콤플렉스를 앓고 있다. 그리고 그러한 콤플렉스를 어떻게 풀어내느냐에 따라 우리의 인생에 미치는 영향은 달라진다.

자기 외모에 불만이나 콤플렉스를 느낄수록 온라인에서 공격적 성향을 보인다는 연구 결과도 있다. 평소 자기 자신에 대한 콤플렉스를 풀지 못하다가 상대가 보이지 않는 온라인에서 남을 공격하는 것으로 분출하며, 이를 반복하는 과정에서 쾌감을 느껴 공격 성향이 강화되는 것으로 보인다는 연구 결과는 성형외과 의사인 나의 주의를 끌기에 충분하다. 외적인 아름다움을 갖고자 하는 욕구와 노력을 단순히 외모지상주의로만 해석해서는 안 된다. 외모에 대한 자신감은 그 사람이 긍정적인 마인드를 갖는 데 일조하여 행동에 자신감을 높여준다. 그리고 자신감은 그가 어떤 일에도 도전할 수 있는 힘과 어떤 절망에도 꿋꿋할 수 있는 힘을 준다.

외모 콤플렉스를 잘 극복하기 위해 우리는 가장 먼저 우리 모두가 외모 콤플렉스를 앓고 있다는 점을 인정해야 한다. 그리고 그것을 각자에게 맞는 여러 가지 방법으로 잘 극복해 자신감으로 전환시킬 수 있는 지혜를 가져야 한다.

외적인 아름다움을 갖고자 하는 욕구와 노력을 단순히 외모지상주의로만 해석해서는 안 된다. 외모에 대한 자신감은 그 사람이 긍정적인 마인드를 갖는 데 일조하여 행동에 자신감을 높여준다.

얼굴,
나를 보여주는 창

인간이 태어나서 자신의 얼굴을 인식하기 시작하는 것은 6세 전후라고 한다. 만일 얼굴에 선천성 기형이 있더라도 아이가 여섯 살 전까지는 자신의 얼굴이 남들과 다르다는 것을 알지 못한다는 이야기다. 성장 과정을 거치면서 남성과 여성의 성 정체성이 구분되면 얼굴은 자신을 나타내는 가장 큰 부분이 된다. 더구나 얼굴에 따라 특징이나 매력, 개성이 드러나기 때문에 얼굴은 자신의 이미지를 대표하는 '창' 이라고 할 수 있다.

모든 인류가 씨족사회였던 시기에는 굳이 외모를 통해 사람의 장단점이나 성격, 개성 등을 판단할 필요가 없었다. 그러나 점차 부족사회로 발전하면서 서로 다른 사람들이 만나 사회를 이루고 그 안에서 서로를 판단할 근거로 외모가 큰 영향을 미치게 되었다. 물론 현대에도 가족

간에는 외모를 통한 편견이나 관념이 필요 없다. "고슴도치도 제 새끼는 예쁘다"는 말처럼 가족 안에서 아무리 선천성 기형을 가진 아이가 있다고 한들 그 아이가 다른 아이들에 비해 예쁘지 않은 부모나 형제는 없을 것이기 때문이다.

사회적 동물인 인간이 다른 사람들과 관계를 영속하며 살다 보면 외모는 알게 모르게 상대를 판단하는 근거가 되곤 한다. 사실 생면부지의 사람을 처음 만났을 때 상대에 대해 가장 먼저 판단할 수 있는 부분이 외모이기 때문이다. 때문에 (내가 가진 얼굴, 외모는 타인에게 자신을 드러낼 수 있는 첫 번째 '창'이 되는 것이다.) 타인에게 자신을 가장 먼저 보여주는 '창'이 오염되었거나 문제가 있어 자신을 그대로 나타내지 못하고 왜곡되게 보이게 되었다면 우리는 의당 그 창을 닦거나 문제를 해결해서라도 나 자신을 제대로 보이도록 노력할 것이다. 자신의 내부는 푸른색인데 노란색 창 때문에 밖에서는 붉게 보인다면 노란색 창을 맑은 창으로 바꾸려는 노력은 당연한 것이다. 그러나 자신이 생각하고 있는 스스로에 대한 신념이나 이상이 견고하고 타인의 시선에 대한 걱정을 하지 않는 사람이라면, 노란 창을 통해 자신을 붉은 색으로 판단하는 타인을 위해 노란 창을 맑은 창으로 바꿀 필요를 느끼지 않을 수도 있다.

자신의 내부는 푸른색인데 노란색 창 때문에 밖에서는 붉게 보인다면 노란색 창을 맑은 창으로 바꾸려는 노력은 당연한 것이다.

성형을 결정하는 과정, 에고ego의 싸움

내가 관찰한 바에 따르면 성형수술을 결정하는 과정을 '에고ego의 싸움'이라고 할 수 있다. 자신의 외모가 어떻든 스스로에 대한 자신감이 있는 사람들은 성형을 쉽게 고려하지 않는다. 그러나 누군가의 평가에 대해 예민하고, 외모 콤플렉스로 인해 정신적 스트레스가 심한 사람들은 성형수술의 결정도 역시 쉽게 내린다.

그렇다고 에고가 약한 사람만이 성형수술을 한다는 것도, 에고가 강한 것이 반드시 좋다는 의미도 아니다. 다만 자신이 가진 외모 콤플렉스를 극복하고 좀 더 자신감 있는 삶을 살고자 하는 사람들은 성형수술도 방법이라고 생각한다는 것이다.

외모에 대한 것이 아니더라도 사람이라면 누구나 하나쯤은 콤플렉스를 갖고 있다. 콤플렉스라는 말은 어딘지 모자라고 부족해 보이며 부정적인 이미지가 떠오른다. 그러나 콤플렉스는 자기 발전의 열쇠를 쥐고 있다고 해도 과언이 아니다.

스스로 느끼는 부족함, 인간은 그 부족함을 관망하고 포기하기보다 채우고 극복하려는 속성을 가진다. 인간에게는 항상 향상되어가는 자신을 만들려는 욕구가 있기 때문이다.

때문에 콤플렉스는 자기 발전의 긍정적 에너지로 작용할 수 있다. 콤플렉스를 긍정의 에너지로 이끌고 싶다면 가장 먼저 자신이 가지고 있는 콤플렉스를 파악하는 정면 돌파가 필요하다. 콤플렉스를 가지고 우울하게 소극적으로 살 것인지, 아니면 최선을 다해 극복하고 이겨낼 것인지 스스로의 판단이 중요한 것이다. 만일 광대뼈가 유난히 도드라져 인상이 강해 보이는 사람이 자신의 강한 인상 때문에 대인관계가 원활하지 못하다면 그것을 극복하는 방법에 대해 생각해볼 수 있다. 스스로 타인에게 다가가는 것도 방법이 될 것이고, 인상과는 다른 자신을 보이기 위해 노력하는 것도 방법이 될 것이다. 무엇보다 자신의 인상이 호감형이 아니더라도 능력이 출중하다는 점을 돋보이기 위해 몇 배 노력하는 것도 괜찮겠다.

이 정도 되면, 이 사람은 자신의 에고가 단점을 커버하는 단계에 이르렀다고 할 수 있다. 하지만 이왕이면 호감을 주는 인상으로 능력도 겸비하는 쪽이 훨씬 삶을 평온하게 할 것 같다고 생각되는 사람은 성형수술을 통해 광대뼈를 축소한다. 보다 적극적이고 능동적인 대응으로 보인다.

성형은 몸의 문제를 해결하는 것이 아니라 궁극적으로 마음의 병을 치료하는 것이다. 얼굴이나 외모를 잡고 씨름하는 대신 그 다음의 더 높은 차원의 일을 하기 위한 전략적 선택이기도 하다.

'성형' 과 '외모지상주의' 함께 바라보기

성형에 대한 생각은 사람마다 다르다. 또 현재 우리나라는 성형 대국으로 불릴 정도로 많은 사람들이 성형을 감행하고 있다. 하지만 이러한 성형에 대해 사회적인 시선이 곱지만은 않은 것도 현실이다. 방송이나 신문에 성형에 관한 기사가 나면 시청자나 소비자단체에서 성형을 조장한다는 명목으로 경고를 받는다고 한다. 성형 관련 방송은 모두 성형의 부작용을 경고함으로써 성형을 하는 사람의 수를 줄이려는 사회적 목적에 의해서 제작 방영되는 것 같다. 이러한 기저에는 유교적 사상이 남아 있는 것도 한몫을 한다. 신체발부수지부모身體髮膚受之父母라는 사상은 외모에 대한 콤플렉스를 느끼는 것 자체가 허용되지 않는다. 더구나 타고난 외모를 수술을 통해 바꾸는 일이 부끄럽게 느끼도록 만드는 것이다. 그래서 어떤 이는 전문가가 아닌 사람이 봐도 성형수술 자국이 선명함에도 자신은 원래 이런 외모였다고 우기는 웃지 못할 부작용을 낳기도 한다. 성형수술을 하지만 그 사실은 숨기고 싶은 생각에서다.

이러한 현실은 마치 청소년기에 몸과 마음은 성인이 되어가는데 성에 대한 지식은 금지되었던 것과 같은 결과를 가져온다. 모든 변화를 죄책감으로 받아들여야 하고, 그래서 오히려 돌이킬 수 없는 나쁜 일이 생기게 된다면 이 책임은 어디로 돌려야 할까. 청소년기에 변화되어가는 몸에 대한 지식 그리고 따듯한 이해가 필요하듯이 이 사회에서도 성형에 대한 올바른 지식과 따듯한 이해가 필요한 것은 아닐까.

20여 년간 성형외과 의사로 일하면서 만났던 환자들은 때로는 너무나 무지해서 문제가 되고 때로는 너무 많이 알아서 문제가 되기도 했다. 누구는 응원을 받으며 수술을 하고 누구는 몰래 수술을 해야 하며 누군가는 예뻐지기 위해 수술하고 누구는 왕따를 당하지 않기 위해서 수술을 한다. 모든 사람이 수술에 대해 만족하며 행복해지길 원하지만 누구는 또 더 깊은 절망에 빠지기도 한다.

성형외과 가는 것이 죄는 아니잖아요?

진료실에 들어와서 질문에 대답조차 잘 못하는 환자들이 있다. 어디가 불편해서 왔는지, 어떤 점에서 성형을 생각하게 되었는지 등 여러 각도에서 질문을 해도 머뭇거리며 말을 제대로 못하는 환자들이다. 내가 묻기도 전에 자신이 느끼는 얼굴의 문제점은 물론이고, 어느 부위를 수술하면 될 것 같다고 혼자 결정해버리는 환자들과 상반되는 경우다. 혜주 씨도 한참이 지나도록 말문을 열지 않았다. 나를 경계하는 기색도 역력했다. 애써 고개를 꼿꼿이 들고 있는 것이 느껴졌지만, 눈을 잘 마주치지 않았고 어깨에는 힘이 잔뜩 들어가 있었다. 몇 번이나 같은 질문을 하고, 전혀 상관없는 다른 화제를 꺼내기도 하던 중에 그녀는 마치 결심한 듯 눈을 내리뜨고 쉬지도 않고 그렇게 내뱉듯 말했다. 몇 번이나 연습한 대사를 외우듯, 그러나 화난 목소리로 말했다.

"제 얼굴이 문제가 많은 걸 저도 알아요. 얼굴 전체를 수술해야 한다는 것도. 그런데 턱 끝 모양만 해결하면 안 될까요?"

"왜 그런 생각을 하셨어요? 얼굴 전체를 다 수술해야 한다고요."

혜주 씨는 대답을 하지 않았다. 더 적극적으로 마음을 열 필요가 있었다.

"혜주 씨 코는 예쁜 코예요. 턱 선만 잘 잡아줘도 우리 인상은 많이 달라져요. 얼굴 윤곽만 달라져도 사람들이 눈이나 코까지 성형한 줄 알 만큼 좋아지는 사람들도 있답니다. 혜주 씨는 얼굴 크기 자체는 작아서 턱만 하면 얼굴 라인이 예쁘게 살아날 것 같아요. 다른 부위까지 예뻐 보일 거예요. 자, 편안하게 얘기해요. 얘기 나누고 집에 가서 다시 충분히 생각하고요."

내 말을 들은 그녀의 눈빛이 편안해지는 것이 느껴졌다. 그리고 그녀는 마음을 열고 이야기를 하기 시작했다. 그녀가 털어놓은 이야기는 이랬다. 나를 찾아오기 전에 다른 성형외과를 갔었는데, 병원에서 모욕감을 느꼈다는 것이었다. 외모 콤플렉스에서 벗어나기 위해 찾은 병원에서 오히려 모욕감을 느끼고 그녀는 더욱 위축되었다고 했다. 한두 군데 수술해서는 티도 안 날 만큼 손댈 곳이 많다는 내용도 내용이지만, 그 말을 하는 의사의 태도에 충격을 받은 듯했다. 혜주 씨는 의사의 말과 표정에서 자신을 무시한다는 느낌을 받았고, 모욕감에 얼굴이 화끈 달아오르는 것 같았다고 했다. 흔치 않은 의사를 만난 것 같다는 생각이 들었다. 가뜩이나 자기 외모에 대해 콤플렉스가 있고 자신감이 없어 예민한 상태인데, 성형외과 의사에게 그런 말을 들었으니 얼마나 자존심이 상했을까? 그나마 남아 있던 자존심이 완전히 부서지는 기분이었을 것이다. 외모 때문에 위축되어 살아온 기존의 자기 자신에게서 벗어나고 새롭게 시작하고 싶어 큰맘 먹고 찾은 성형외과에서, 위로와 희망을 얻고 싶었던 성형외과에서 오히려 외모 때문에 무시를 당했으니 혜주 씨가 의사에게 마음을 열지 못하는 것은 당연했다. 다시 성형외과를 찾는 데도 큰 용기가 필요했을 것이다.

혜주 씨의 이야기를 듣다 보니 헬스클럽에서의 경험이 생각났다. 수 년 전에 몸무게가 늘어서 헬스클럽에서 1대 1 코치를 받는 상담을 한 적이 있다. 이때 트레이너는 나를 보며 이해가 가지 않는다는 표정을 지었다. "몸무게가 대체 얼마예요? 운동은 얼마나 해봤어요? 식단은 주로 어떻게 됩니까? 주량은요?" 코치의 질문은 이제 질책으로 변했다.

"어떻게 사람이 그렇게 술을 마셔요? 술은 열량 그 자체예요. 정신 차리세요. 밥도 마찬가집니다. 몸무게를 보면 두 끼도 많아요. 어떻게 세 끼를 다 먹습니까? 그동안 어떻게 산 겁니까? 운동은 안 하고 먹기만 한 거네요. 이제부터 죽었다 생각하세요. 안 그러면 답 안 나옵니다."

첫 만남에서 트레이너의 이런 식의 태도 때문에 나는 그 헬스클럽을 포기했던 기억이 있다. 스스로 운동 잘하고 식사량이며 식단을 잘 조절한다면 그곳에 왜 갔겠는가? 도움을 받으려고 헬스장에 갔는데, 한심하다는 듯 무시하는 말을 하니 굳이 이런 느낌을 받으면서 운동을 해야 할까 자신이 없었다. 수학 점수가 너무 안 나와 학원을 찾아간 학생에게 "야, 점수가 60점이 뭐냐, 60점이. 이러고도 대학 갈 생각을 한 거야?" 라며 핀잔을 주면 공부할 마음이 생기지 않을 것이다. 도와줘야 할 입장에서 무시부터 한다면 원하는 결과는 나오기 어렵다.

마찬가지다. 더 보기 좋은 얼굴을 갖기 위해 성형외과를 찾았는데, 견적이 안 나오는 얼굴이라는, 그러니 무조건 의사가 시키는 대로 하라는 식으로 말을 한다면 환자 입장에서는 모욕감을 느끼게 되는 것이다. 콤플렉스를 가진 사람을 도와줘야 하는 입장의 사람들이 오히려 아픈 곳을 더 찌르는 격이라면 문제가 있다.

"성형외과에 오는 자체가 스트레스였어요. 성형외과에 오는 게 죄는 아니잖아요. 상담을 하면서 오히려 자존심이 많이 상했어요. 이때까지 살아오면서 느꼈던 그 어떤 무시보다 더 심하게 무시당하는 기분이었어요."

맞는 말이다. 성형외과에 오는 게 죄는 아니다.

환자의 눈물

/

성형외과의 상담실은 수많은 환자들의 다양한 사연이 오고 가는 곳이다. 다른 병원들이 대부분 자신의 증상과 치료법을 이야기하는 데 비해, 성형외과는 자신의 외모 중 어떤 부분이 콤플렉스이고, 그로 인해 살아가면서 어떤 마음의 상처를 받아왔는지를 이야기한다. 자신의 이야기를 하다 감정이 북받쳐서 눈물을 흘리기도 한다. 그런데 반드시 감정이 북받친다는 것이 눈물의 모든 이유는 아니다. 그들은 자신의 아픔을 이해하고 공감하며 들어주는 사람이 있다는 것만으로도 크나큰 감동을 느낀 나머지 눈물로 감동을 표현하는 경우도 있다.

얼마 전 광대뼈의 돌출과 무턱이 고민인 일본인 미유키 씨의 상담을 하게 되었다. 그녀는 일본에서 이미 수많은 성형외과를 방문했지만 늘 얼굴에 문제가 없다는 진단만을 듣게 되었고, 결국 일본에서는 자신이 원하는 답을 얻기 힘들다는 판단하에 한국행을 결심한 것이라 했다.
“저는 광대뼈 때문에 너무 콤플렉스가 심해서 스트레스를 받는데, 일본에서는 모두들 제 얼굴에 문제가 없다는 말만 해요. 심지어 제가 성형을 하고 싶어 하는 걸 정신적으로 문제가 있다고까지 이야기 했어요.”
그녀는 광대 돌출 증상이 있었다. 물론 이 문제는 미용적인 문제이기 때문에 주관적인 면이 있다.
“분명히 광대 돌출과 무턱 증상이 있고, 충분히 고민이 될 만한 얼굴이네요. 수술로 돌출된 광대를 안쪽으로 밀어 넣고 턱 선을 보완한다면 지금보다 훨씬 부드럽고 세련된 이미지로 개선할 수 있습니다.”
성형으로 얼굴 개선이 가능하다는 나의 말에 그녀는 갑자기 눈물을 뚝뚝 흘리기 시작했다. 여태까지 그렇게 많은 성형외과를 찾아 상담을 받아보았지만 자신의 아픔에 공감해준 의사는 처음이었다는 것이다.
사람들은 소비를 할 때 자신의 소비가 합당한지 확인을 받고 싶어 하는 경향이 있다. 특히 큰 비용을 지출하는 경우 더욱 그러하다. 옷을 하나 사더라도 ‘어떤 색이 가장 잘 팔려요?’라고 물어본 후 가장 인기가 많다는 색을 구입하기도 하고, 자동차를 살 때도 그 당시 인기가 많은 특정 브랜드의 차량을 선택하는 경향이 있다. 선택에 자신이 없기 때문에 대중의 선택에 편승하는 것이다. 자신의 선택이 확고한 경우 대중의 선택과 무관하게 원하는 물건을 구입하기도 하지만, 선택에 대한 주위의 반응이 부정적이면 '내가 이상한 사람인가' 하는 의문이 들기 마련이다. 그러다 그 선택에 공감해주는 사람이 나타나면 '내 선택이 틀리지 않았다'는 안도감과 상대방에 대한 감사의 마음이 복합적으로 드러나 눈물로 나타나는 것이다. 일본에서 성형을 수없이 거부당한 미유키 씨가 나를 찾아와 흘린 눈물 역시 같은 맥락의 눈물이었을 것이다. 얼굴을 예쁘게 개선하는 것이 성형외과의 역할이라 하지만, 더 크게 본다면 병원을 찾는 환자가 지금보다 더 예뻐진 얼굴로 더욱 희망적인 미래를 맞이할 수 있도록 돕는 것까지도 성형외과 의사가 해야 할 몫이라는 생각이 든다. 오늘도 우리 병원에는 미유키 씨처럼 자신의 아픔을 공감받기 원하는 환자들이 찾아온다.

백설공주
왕비의 거울

백설공주의 새엄마인 왕비는 매일매일 거울에게 세상에서 누가 가장 예쁜지 묻는다. "왕비님이 가장 아름답습니다"라는 대답을 들으며 행복한 마음으로 하루하루를 보내지만, 언젠가부터 이 거울은 "백설공주가 세상에서 가장 예쁘다"고 답한다. 왕비는 자신보다 예쁜 사람이 있다는 사실을 참을 수 없어 백설공주를 해치려 하지만 난쟁이들과 왕자의 방해로 그 목적을 이룰 수 없게 된다.

우리 병원에도 종종 이 왕비와 같은 사람들이 찾아온다. 이미 너무나 아름다운 사람들이 성형을 하겠다며 상담을 받는 것이다. 이들은 자신보다 예쁜 사람이 있다는 사실을 참을 수 없어 하고, 주변 사람들 중 자신보다 예쁜 사람이 나타나면 불안감이 생겨 성형을 반드시 하려고 하는 것이다. 얼마 전 직업이 모델인 어느 분과 성형 상담을 하게 되었다. 인지도가 높지는 않은 모델이었지만 그렇다고 심한 문제나 특별히 성형할 만한 곳은 없었던 것으로 기억한다. 이런 내용으로 이야기를 하자 그녀는 최근 찍었다는 한 CF를 보여주면서 그중 특정 장면에서 영상을 멈춘 후 말했다.

"원장님, 저는 이 각도에서 보는 얼굴이 좀 이상한 것 같아요. 여기서 볼 때도 예쁘게 보일 수 있게 고쳐주세요."

많은 생각을 하게 하는 요구였다. 정면이나 측면, 반측면도 아닌 애매한 각도라 영상을 재생할 때마다 그녀가 보여주는 얼굴의 각도가 달랐고, 정확히 어떤 각도의 얼굴이 마음에 들지 않는다는 것인지 파악하기가 어려웠다. 더군다나 특별히 성형을 해야 할 만큼 각도 별 얼굴에 큰 차이가 있는 것도 아니었다.

이러한 경우 선택할 수 있는 답은 두 가지다. 그녀가 원하는 대로 얼굴을 고쳐주겠다고 하거나, 수술이 필요 없는 얼굴이라고 하거나. 나는 두 번째 답을 택했다. 그녀에게 이미 충분히 아름답기 때문에 수술이 필요 없을 것 같다고 이야기했다. 그러자 어두워질 줄 알았던 그녀의 얼굴에 반대로 화색이 돌았다.

"정말 그런가요? 저는 성형이 꼭 필요할 줄 알았는데 원장님께서 그렇게 말씀하시니 그렇게 믿을게요."

사실 그녀가 나에게 바랐던 대답은 "원하시는 얼굴로 만들어드리겠습니다"라는 말보다는 "수술이 필요 없을 만큼 아름답다"는 말이었던 것이다. 전문가인 나에게 충분히 아름답다는 말을 들은 그녀는 다시 자신감을 되찾은 듯 밝은 얼굴로 돌아갔다. 성형외과 의사로서 그녀의 정신적인 아픔까지 다독일 수 있었음에 감사하게 된 날이었다. 아마 내가 성형을 해주겠노라 대답했다면 그녀는 원하는 대답을 듣지 못한 채로 다시 우리 병원을 방문하지 않았을 것이다.

성형외과 의사는 백설공주에 등장하는 왕비의 거울처럼 모두에게 끊임없이 "당신은 아름답다"고 말해주어야 하는 존재인 것 같다. 성형을 하는 사람들이 원하는 것은 단순히 예뻐진 얼굴만이 아니라 예뻐진 얼굴로 인해 달라지는 자신의 삶이다. 성형을 하지 않아도 충분히 자신감 있게 살아갈 수 있는 사람이라면 굳이 성형을 권하기보다는 그 마음속의 아픈 부분을 찾아 달래줌으로써 다른 인생을 살 수 있도록 도움을 줄 수도 있다.

얼마 전 어느 정신과 의사의 책에서 '자존감'에 대해 읽었던 글이 생각난다. 빨간 페라리를 타는 사람은 자존감이 가장 약한 사람이라는 것이다. 마음속 열등감을 감추고 과시욕을 드러내는 남자들이 눈에 띄게 화려한 빨간 페라리를 타는 것처럼, 겉으로 보기에 예쁘고 화려한 사람들이 오히려 마음속으로는 '당신이 최고'라는 칭찬에 목말라 있을 수 있다. 어쩌면 그들에게 건네는 '아름답다'는 칭찬 한마디가 한 건의 성형수술보다 더 가치 있을지도 모른다.

예쁜 가족의
역설

/

이런 사연도 있었다. 유전적으로 모델처럼 키가 크고 얼굴이 작은 가족들 사이에 유일하게 큰 얼굴을 갖고 태어난 한 대학생이 가족들만큼 작은 얼굴이 되고 싶다며 우리 병원을 찾아왔다. 약간의 사각턱 느낌이 있어 얼굴이 전체적으로 커 보이는 편이긴 했지만 눈에 띌 정도의 큰 얼굴은 아니었는데, 하필 매일 얼굴을 맞대는 가족들이 워낙 얼굴이 작은 편이다 보니 어릴 적부터 꽤나 상처였던 모양이다. 사실 그녀는 이미 여러 번의 성형수술을 받은 후였고, 만족하지 못하던 상황에서 결국 사각턱 수술과 같은 좀 더 큰 수술을 받으려고 나를 찾아온 것이었다. 나는 환자에게 "이것은 환자 얼굴의 문제이기도 하지만 마음의 문제이기도 하다"고 말해주었다. 이번이 마지막 수술이라고 생각해야 한다, 끊임없이 가족과 비교하는 것은 자신을 괴롭히는 일일 뿐이라고 이야기해주었다. 환자는 자신도 잘 알고 있다고 했다. 하지만 수술을 하고 나면 결혼을 할 생각이라고 했다. 이 끊임없는 비교에서 벗어나는 한 방법이라고 했다.

비슷한 외모임에도 직접 비교가 되는 쌍둥이의 경우 이러한 경향은 더욱 강해진다. 쌍둥이의 경우에는 비슷한 얼굴이 많아 외모에 대한 생각도 비슷한 경우가 많다. 우리 병원의 환자 중에는 쌍둥이인 경우가 꽤 있다. 그중에는 두 사람이 거의 같은 수술을 한 경우도 있다. 비슷하게 생겨서 같은 외모 콤플렉스를 느끼는 경우, 공감을 느끼게 되고 의기투합이 되면 같은 종류의 수술을 받게 된다. 대개 용감하고 도전적인 둘째가 먼저 수술을 받고, 결과가 만족스러우면 보수적이고 자의식이 강한 첫째가 따라서 하는 경우가 많다.

반대의 경우도 있다. 쌍둥이이긴 하지만 이란성인지 얼굴의 모습이 전혀 다른 경우이다. 일란성 쌍둥이는 다른 모든 것이 비슷한 분위기이다 보니 외모의 우열이 조금만 생겨도 심하게 비교가 되기 쉬운데, 이란성 쌍둥이의 경우 외모의 차이가 심하게 나는 경우가 있다. 병원을 찾아왔던 지연 씨는 이런 경우였다. 자신의 전문 분야도 있고 약간은 보이시한 매력이 있는 편이었지만 가족 중에서는 절대 약자였다. 상담실에 다른 예쁜 쌍둥이인 언니가 동행해 "얘 나처럼 되고 싶대요"라며 불난 마음에 부채질을 하고, 여기에 엄마가 동조해서 "우리 못난 딸 좀 성형해주세요"라고 기름을 부으니 지연 씨의 마음은 폭발해버리고 "모두 조용히 있으라고 했잖아!"라며 큰소리를 쳤지만 이미 마음에 큰 상처가 남았음이 당연하다.

사람은 자신이 속한 환경 속에서 자연스럽게 영향을 받으며 이것을 편안하게 생각한다. 자신의 외모에 대한 생각은 자신이 속한 사회에서 외모에 대한 준거집단을 어디에 두고 있느냐에 따라 달라질 것이다. 아름다운 사람도 자신의 외모에 콤플렉스를 느낄 수 있고 평범한 사람도 자신의 외모에 적당히 만족하며 살아갈 수 있다. 만약 현재가 만족스럽지 못하다면, 여행을 떠나보는 것은 어떨까? 끊임없이 자기가 속한 집단 속에서 비교하고 상처받지 말고, 조금은 다른, 그래서 오히려 낯선 집단으로 환경을 바꿔본다면 본인이 미운오리새끼, 외눈박이 나라의 두 눈 가진 사람일 수 있다는 것을 느끼게 되지 않을까? 단순히 외모에 대한 콤플렉스를 벗어나야 한다고 스스로를 고문하지 말고 그렇게 느끼게 할 수 있는 기회에 도전해본다면 좀 더 쉽게 외모에 대한 콤플렉스에서 벗어날 수 있지 않을까 생각해본다.

자신의 외모에 대한 생각은 자신이 속한 사회에서 외모에 대한 준거집단을 어디에 두고 있느냐에 따라 달라질 것이다.

스티비 원더의 손목시계

/

휴대폰으로 시간을 확인하는 것이 가능해진 후 손목시계는 사실상 시간을 알려주는 도구이기보다는 하나의 패션 아이템으로 그 역할이 바뀌고 있다. 시각의 오차가 없는 것으로 유명한 장인정신의 스위스 손목시계가 의미 없어진 지 이미 오래다. 실제로는 일상생활에서 시간과 분 단위만 크게 틀리지 않는다면 사용하는 데 큰 지장이 없다. 이제 손목시계가 없어도 시간을 알 수 있는 방법은 많다. 그래서 굳이 말하는 손목시계까지 착용해가며 시간을 확인하지 않아도 된다. 그런데도 불구하고 조종사가 차는 계기판이 많은 시계가 남성들에게 인기라고 한다. 부유함이나 남성스러움을 돋보이게 하기 위해서 시계를 차기도 한다. 여자들의 시계는 어떠한가? 시계라기보다는 장식품이라고 하는 것이 옳지 않을까?

시각장애인인 스티비 원더Stevie Wonder는 매우 화려하고 패셔너블한 손목시계를 하고 다니곤 한단다. 어차피 눈이 보이지 않아 시간을 볼 수 없는데 말이다. 시각장애인을 위해 점자로 시간을 확인할 수 있는 시계나 말하는 시계가 등장했지만 그는 시간을 확인할 수 없는 화려한 시계를 착용한다. 꼭 스티비 원더만 그런 것은 아니다. 시각장애인을 위한 손목시계가 있음에도 불구하고, 정작 그 시계를 사용하는 시각장애인은 오히려 많지 않다. 시각장애인이라는 것을 굳이 티내고 싶지 않다는 것이다. 바꿔 말하면, 그들도 보통사람처럼 보이고 싶다는 것이다. 실용적이지만 장애인임을 티 나게 드러내는 시계보다는 불편하더라도 보통사람처럼 예쁘고 화려한 디자인의 시계를 사용하고 싶은 것이 이들의 마음이라고 한다.

서울대학교 병원에서 성형외과 레지던트를 하던 시절에 리비아에서 국적 항공기 사고가 있었다. 이때, 그 사고로 얼굴에 화상을 입은 환자를 병원으로 후송하여 치료한 적이 있다. 그녀는 그 무시무시한 사고에서 다행히 살아남았다. 하지만 그 사고 때문에 얼굴과 몸 여러 부분에 화상을 입었다. 사고 이후에도 그녀는 매년 병원에 와서 힘들게 하나씩 수술을 더해갔다. 올해에는 입술 부위의 피부이식 수술을 하고, 그 다음해에는 귀 부분에 피부이식 수술을 하는 식이었다. 귀에 피부이식을 해서 납작했던 귀를 올리고 난 얼마 후에 그녀는 당당히 귀걸이를 하고 병원에 와서 멋쩍게 웃어 보였다. 귀걸이는 그녀에게 귀의 존재를 증명해주는 액세서리인 셈이다. 우리 눈에는 그 귀걸이 때문에 귀에 남은 피부이식의 흔적이 더 돋보였지만, 그녀는 그것을 자랑스러워했다.

외모 전체에 콤플렉스가 있는 사람들이 성형을 결심할 때면 주변 사람들에게 "눈이나 코 한 군데 고친다고 안 예뻐져"라는 비아냥거림을 들을 때가 있다고 한다. 스스로도 그렇게 생각한다는 사람들도 꽤 있다. 연예인이 될 것도 아닌데, 혹은 성형한다고 인생이 갑자기 달라질 것도 아닌데 어차피 못생긴 얼굴에 눈 하나 예뻐진다고 외모가 갑자기 달라지겠냐는 것이다. 그럼에도 그들이 성형외과를 찾아오는 것은 어쩌면 눈 하나라도, 코 하나라도 보통 사람만큼 예쁘고 싶기 때문이다.

구순구개열(입술이나 잇몸 또는 입천장이 갈라져 있는 선천적 기형) 환자들은 일생에 걸쳐 수차례의 수술을 받는다. 입술의 조그만 상처에도 집착한다. 또 수술을 받고 나면 수염을 기르는 것을 자주 본다. 그렇게라도 감추고 싶기 때문이다. 마치 탈모가 있는 사람들이 옆머리를 길러 반대쪽으로 넘기는 것처럼, 그들은 얼굴과 어울리지 않는 수염을 길러서라도 수술 자국을 가리고 싶어 한다. 그렇게 해서라도 보통사람처럼 보이고 싶어 하는 것이다.

유방암은 수술과 항암치료가 발전하면서 이제 조기 발견만 된다면 생존율이 매우 높아졌다. 과거에는 유방 전체를 절제하는 수술이 필요했지만, 최근에는 유방 재건으로 심미적인 문제를 해결하는 것도 가능해졌다. 최근 통계에는 유방 절제수술 환자의 30퍼센트가 재건수술을 받는다고 한다. 물론 성형을 하더라도 반대쪽과 같은 완벽한 유방을 가질 수는 없다. 하지만 옷을 입을 때 티가 나지 않는 자연스러운 모습을 원하기 때문에 유방 재건술이 점점 늘어나는 것이다. 여자로서 자신의 상징을 잃어버렸을 때의 상실감 때문이다. 어쩌면 이들이 성형을 통해 원하는 것은 바로 "있던 것이 그대로 남들과 똑같이 있는 것"인지도 모른다.

포샵의 끝은 자폐증이다

한 고2 여학생이 아빠와 함께 우리 병원에 방문했다. 이 학생은 나에게 페이스북의 사진 한 장을 보여주며 이 사진과 똑같은 얼굴로 만들어달라고 이야기했다. 사진과 환자의 얼굴과는 차이가 많아 그 사진과 같은 얼굴을 만들기는 어려울 것 같고 비슷하게 하려고 해도 꽤나 큰 수술이 필요한 터였다.

아빠는 이런 딸을 이해하지 못했다. 알고 보니 이 사진은 환자의 페북 프사였다. 프사란 SNS의 프로필 사진을 의미하는 것으로, 이 학생은 예쁜 셀카를 SNS에 올려 10만 명이 넘는 친구가 있는 일명 'SNS 스타'였다. 중3 때부터 셀카를 포토샵으로 보정해 SNS에 올리면서 얼짱으로 주목받아온 것이다. 자신의 예쁜 얼굴에 어울리는 행복한 일상을 지어내며 '좋아요'와 댓글을 받는 것이 그녀의 낙이었다. 그런데 시간이 흐르면서 자신이 지어낸 이야기에 갇혀버리게 된 것이었다.
'좋아요'를 받기 위해서는 매일 재미있는 일상, 좋은 곳에 식사하러 간 이야기를 거짓으로 지어 올리고 적당한 배경사진을 편집하고 자기 자신의 사진을 포샵하여 올려야 했다. 이렇게 SNS에 올린 셀카와 이야기가 거짓임이 발각되는 것이 두려워 점점 사람 만나기를 기피하게 된 것이다.
문제는 자신이 다니는 학교에 자신의 페북 친구가 생기면서다. 자신의 진짜 모습이 공개되는 순간 SNS 친구가 줄어들까 두려워 1년째 밖에는 나가지도 않고 학교도 가지 않는다고 했다. 폐쇄된 환경에서 식사량이 늘어나 몸무게까지 불어나자 은둔생활을 하게 되었고 우울증까지 왔다고 했다.
그녀의 아빠는 딸의 수술비를 충당할 능력이 없고, 수술을 해야 하는 이유도 모르겠다고 했다. 실제로 보아도 사진과 같지 않은 얼굴일 뿐, 충분히 예쁘고 매력적인 외모였다.
그러나 그녀는 막무가내로 셀카와 같은 얼굴로 수술해달라고 졸라댔다. 이미 자신이 만든 SNS 감옥에 빠진 이 학생에게 해결책은 두 가지였다. 그녀가 주장하는 대로 셀카와 같은 얼굴로 성형수술을 하거나, SNS 계정을 폐쇄하거나. 그러나 이미 10만 명이 넘는 친구가 있고 셀카를 찍어 올리는 것이 하루의 일과인 이 학생에게 SNS 계정을 폐쇄

자신의 예쁜 얼굴에 어울리는 행복한 일상을 지어내며 '좋아요'와 댓글을 받는 것이 그녀의 낙이었다. 그런데 시간이 흐르면서 자신이 지어낸 이야기에 갇혀버리게 되었다.

하는 것은 곧 인생의 종말을 뜻하는 것이나 다름없었다.

결국 이 학생은 안면윤곽수술을 받게 되었다. 수술 후라고 해서 셀카와 같은 얼굴이 된 것은 아니지만, 그런대로 '포샵을 많이 한 사진'이라고 했을 때 믿어줄 수 있는 정도의 얼굴을 얻게 되었다.

이 학생은 이제 자신이 만든 SNS 감옥에서 탈출할 수 있을까?

PART 02

/

얼굴의 사회심리학

#얼굴을 가리면 보이는 것들, 복면가왕과 히든싱어 #미래의 심미관이 궁금하다
#외모에 대해 이야기하는 것 #너 세상에 불만 있냐? #정치인의 얼굴 #착각 속에 사는 자뻑남에게
#남자의 매력은 자본이다('여자의 변신은 무죄'에 대하여) #만우절에 하는 '못생겼다'는 말은 진심이다
#다시 태어나도 이 얼굴로? #아름다움은 본능이다 #아름다움에 대한 이기적 유전자

얼굴을 가리면 보이는 것들,
복면가왕과 히든싱어

/

요즘 얼굴을 가린 연예인들의 노래 실력을 확인할 수 있는 두 예능 프로그램이 인기다. 노래하는 사람에 대한 사전정보를 지운 채 오로지 노래만을 듣고 평가하기 때문에 보다 객관적인 실력을 알 수 있다. 성형외과 의사의 입장에서 볼 때 이 두 프로그램은 사람에게 얼굴이 가지는 의미를 다시 한 번 생각해보는 계기가 되었다.

얼굴을 가리는 것의 첫 번째 의미는, 과거와의 차단이다. 현재의 모습만으로 사람을 판단하게 되는 것이다. 이 프로그램에 출연하는 연예인들에게 얼굴이란 단지 예쁘고, 못생기고, 매력적이고 등을 결정하는 것이 아니다. 그 사람 삶의 모든 것을 연결하는 ID카드라고 할 수 있다. 이 프로그램의 매력은 그 ID카드를 무력화하는 것이다. ID카드가 가동되는 순간 이 사람에 대한 모든 정보가 공개되고 이미 알고 있던 지식을 통해 선입관이 부여된다. 단순히 얼굴만 가렸을 뿐인데 사람들은 평소 관심 없던 연예인에게 흥미를 느끼기도 하고, 미처 발견하지 못했던 실력을 알게 된다. 제로부터 그 사람의 전체를 보게 되고 흥미와 매력을 발견해나가는 것이다. 얼굴을 알고 그 연예인을 접할 때 알고 있던 것보다 더 많은 것을 직접 알아가게 되는 것이다. 이것이 이 프로그램의 매력이다. 연예인은 그 활동이 대중에게 공개되어 있기 때문에 얼굴을 확인함으로써 그 사람의 삶의 배경까지 알 수 있다. 특히 과거에 큰 성공을 누렸던 출연자가 등장할수록 한 사람의 얼굴이 얼마나 많은 정보를 주는지 크게 와 닿는다. 과거에 스스로 감당하기 힘들 만큼 높은 인기를 누렸다 하락세를 경험한 연예인이 얼굴을 가리고 등장해 노래 실력을 선보이면 대부분의 사람들이 '이렇게 인기가 많았던 연예인을 잊고 살았다'는 사실과 '그때의 그 스타가 노래 실력까지 뛰어나다'는 사실에 놀라워한다. 너무 잘 알려져 있던 사람이기에 잘 알고 있다 생각했는데 의외의 면을 발견하는 묘미가 있는 것이다. 직업이 가수가 아닌 개그맨이 출연하여 노래를 근사하게 불렀을 때에 같은 목소리를 알아보지 못한 것이 문제가 아니라, 단지 개그맨이라는 이유만으로 갖고 있던 우리의 모든 선입관이 무력화되는 놀라움을 경험하게 된다. 또 그들이 자신의 직업 때문에 받았던 오해에 관한 에피소드를 들으면서 다시 한 번 선입관이 나만의 것이 아님을 알게 된다.

얼굴이란 단지 예쁘고, 못생기고, 매력적이고 등을 결정하는 것이 아니다. 그 사람 삶의 모든 것을 연결하는 ID카드라고 할 수 있다.

또 한 가지 의미로는, 외모가 실력을 평가하는 데 얼마나 큰 선입관을 주는 것인지도 이 프로그램에서 알 수 있다. 그동안 수많은 아이돌 가수들이 복면가왕과 히든싱어를 거쳐갔다. 연예계에서 아이돌 그룹이라는 존재는 사실 실력보다는 외모와 화려한 퍼포먼스로 평가받는 편이라 그들의 가창력에 대해 깊이 있게 고찰하는 사람들은 많지 않다. 그러나 잘생기고 아름다운 얼굴을 가리고 순수하게 실력으로 평가받을 기회가 주어지자, 사람들은 매우 놀라워하며 그들의 가창력을 재평가했다. 외모를 가꾸느라 실력은 뒷전일 것이라는 선입관을 무너뜨린 것이다.

2005년 'SBS스페셜'이라는 다큐 프로그램과의 인터뷰에서 "성형외과 의사로서 당신에게 얼굴은 무엇입니까?"라는 질문을 받은 적이 있다. 그때 나는 '얼굴은 창window'이라고 대답한 기억이 있다. 외부사람들이 나의 내면을 들여다보는 창과 같은 기능을 하고 있다는 생각이었다. 그 창의 모양이 동그랄 수도 있고, 네모일 수도 있고, 또 그 창의 색깔이 푸른색일 수도 있고, 붉은색, 혹은 투명할 수도 있다. 하지만 창을 통해서만 보다 보니 보지 못하는 면, 다르게 보이는 면이 너무 많은 것 같다. 안타깝다.

하나의 감각을 잃으면 다른 감각이 더 발달하는 것은 익히 아는 사실이다. 잠시 눈을 감고, 얼굴을 가리고 지금 옆의 사람을 생각해본다면, 이제까지 몰랐던 참신한 매력이 보일 것이다.

미래의 심미관이 궁금하다

/

몇 해 전 우리 병원을 찾은 피에르라는 독특한 환자가 있었다. 그는 극단적일 만큼 턱이 뾰족한 얼굴을 한 사람의 사진을 들고 찾아와 자신의 얼굴을 그렇게 바꿔달라 말했다. 사진 속 얼굴은 어떻게 보면 사이보그에 가까울 정도로 비현실적인 얼굴이었다. 사실 수술을 할 수 있느냐 없느냐도 문제였지만 이렇게 수술을 하는 것이 옳은 것인가도 고민되는 상황이었다.

"이렇게는 불가능합니다. 너무 길고 뾰족한 턱을 원하는데 뼈가 불안정할 것 같습니다."

그러나 그는 막무가내였다. 반드시 그 얼굴이 되어야겠다는 것이었다. 어떤 사연이 있을 것 같아서 들어보았다. 피에르는 중국인 어머니와 프랑스인 아버지 사이에서 태어났다. 어려서는 프랑스에서, 최근에는

미래의 심미관은 어떻게 변하게 될까? 동서양의 심미관이 점점 격차를 좁히고 전 세계를 아우르는 또 다른 아름다움의 기준이 된 것처럼, 상상 속의 심미관이 현실이 되는 날이 올지도 모른다.

중국에서 살고 있다고 했다. 너무나 자유분방한 부모님 사이에서 충분한 관심을 받지 못하고 자란 피에르는 일상생활 대신 사이버 게임의 세계에 푹 빠져 살았고, 점점 게임 속 캐릭터의 모습을 자신의 이상적인 심미관으로 삼게 되었다는 이야기였다. 일상과 사이버 세계를 혼동하게 된 것이다.

피에르와 본인이 원하는 것과 현실적인 한계를 이야기하면서 수술로 가능한 얼굴형을 설명하고 본인도 동의하여 수술을 받게 되었다. 다행히도 수술을 무사히 마치고 만족해하는 모습으로 돌아갔다. 하지만, 역시나였다. 프랑스로 돌아간 피에르는 1년 후 다시 병원에 와서 더 길고 뾰족한 턱을 원했다. 아마 보통의 사람들이 갖고 있는 심미관이 그에게는 통하지 않았던 것 같다.

심미관은 문화와 상상력의 산물이다. 과거에는 각각의 환경에 가장 잘 적응할 수 있는 모습이 곧 그 사회의 이상적인 심미관이었다. 타 지역과의 교류가 활발하지 않던 과거에는 나라와 문화에 따라 심미관에 큰 차이가 있었지만, 나라 간 교류가 활발해지고 인터넷을 통해 다른 나라의 문화를 쉽게 접할 수 있는 요즘은 점점 문화적 차이가 줄어들어 심미관 역시 비슷하게 변하고 있다.

피에르의 심미관은 오랜 시간 접해온 사이버 세계에 기반을 둔 것이었다. 불과 10여 년 전만 해도 생소하고 어색한 것으로 여겨지던 외국인의 외모가 이제는 이국적인 아름다움으로서 심미관의 한 갈래로 인정받는 것처럼, 오랜 시간이 흐르고 나면 피에르가 추구하는 사이버 세계의 아름다움을 원하는 사람들이 등장할 수도 있다.

그렇다면 미래의 심미관은 어떻게 변하게 될까? 동서양의 심미관이 점점 격차를 좁히고 전 세계를 아우르는 또 다른 아름다움의 기준이 된 것처럼, 상상 속의 심미관이 현실이 되는 날이 올지도 모른다. 미래에는 영화 〈스타워즈〉 속에서나 등장할 것 같은 독특한 모습을 한 사람들과 아름다움의 우열을 가리게 될 수도 있다. 더 오랜 시간이 흐른 후에는 우리가 상상해온 SF영화 속 외계인의 모습을 능가하는 외계인과 심미관을 비교하게 되는 날이 올 수도 있다.

동서양의 심미관이 거리를 좁힌 것처럼, 언젠가는 현재의 심미관이 사이버 세계나 우주의 아름다움에까지 영역을 확장하게 되는 날이 올 것이다. 과연 심미관은 어디까지 확장될 수 있을까. 100년 후, 1,000년 후의 아름다움은 어떤 모습일까?

외모에 대해 이야기하는 것

/

얼굴에 무언가를 묻히고 다니는 사람을 본 경우에, 어떻게 하는 것이 바람직할까? 솔직하게 말해주어야 하나? 아니면 창피해할 테니 모른 체하고 본인이 알게 하는 것이 좋을까? 나중에 그 사람이 그 사실을 알고 지적해주지 않은 것에 대해 원망하진 않을까? 대답이 어려우면 좀 더 심한 예를 들어보면 어떨까? 어떤 사람에게서 땀 냄새가 심하게 난다. 같이 수업을 듣기에 불편할 정도라면 어떻게 해야 할까? 물론 외모는 남에게 피해를 끼치는 것은 아니니 이 정도는 아니겠지만 참고로 삼을 수 있을 것이다.

중국, 한국, 일본 등의 유교 문화권에서는 솔직한 것보다는 예를 갖추는 것을 중요하게 여긴다. 아주 친한 경우가 아니라면 문제를 지적해주긴 쉽지 않다. 이렇게 예의를 지키는 것이 심해지면 체면을 중요시

하는 폐단이 생기기도 하겠지만 동방예의지국을 자부하는 우리나라에서 이러한 심리는 상당히 강하게 뿌리내리고 있다. 일본의 경우 부모가 자식들에게 가르치는 가장 중요한 원칙이 바로 '남에게 폐를 끼치지 않는 것'이라고 한다. 상황이 이렇다 보니 일본에서 다른 사람의 외모에 대해 이야기하는 것은 일종의 금기라고 한다. 어떻게 보면 상당히 개방적인 사회인 것 같은데, 이런 면에서는 매우 보수적이다. 서로 예의를 지키는 것이 매우 중요하고 절대 남에게 실례하지 않는 분위기이기 때문에 남의 외모에 대한 이야기를 더더욱 피해버린다. 그런데 이렇게 외모에 대해 아무런 이야기도 하지 않는 사회가 마냥 건강하기만 한 사회일까?

몇 해 전, 한 재일교포에게서 한글로 쓴 손 편지 한 통을 받았다. 오쿠보 지역에 살고 있는 그녀는 한국에서 결혼을 했지만 얼마 지나지 않아 남편에게 버림받고 다시 일본으로 건너가 홀로 딸 하나를 키우고 있다고 했다. 하지만 혼자 금이야 옥이야 키운 딸이 외모 콤플렉스 때문에 얼굴을 마스크로 꽁꽁 숨기고 다니는 모습이 너무 가슴 아파 꼭 성형수술을 시켜주고 싶다는 것이었다. 그녀가 보낸 사진 속 딸은 귀엽고 예쁜 얼굴의 고2 학생이었다. 그런데 부정교합이 있는 상태였다. 그래서 중학교 때부터 외출할 때마다, 학교를 갈 때에도 마스크를 끼고 다닌다는 것이었다. 남에게 폐를 끼칠 것을 우려해 감기만 걸려도

박상훈(병원장선생님)前

尊敬하는 선생님 안녕하세요
선생님 직접뵙지는 않았어도 [illegible] TV 화면을 통하여
너무많이.. 차례 계속 보았읍니다
本論 입니다 제딸이 일본에 고등학교 2학년
한국나이로 18살입니다만 신체. 얼굴 다른부위는
그런데로 봐줄만하다고들하건만 입에서 앙가져 주걱턱 아래턱
많이 나왔읍니다 그래서 4계절 마스크에 중학교때는
사춘기라서 한동안 학교를 안가는 상황까지 생겨
엄마인제가 시청교육위원 사무실까지 찾아가서 한국사람
이라서 방치하냐 뭐어쩌고 저쩌고 따졌었던 경험도 있었읍니다
결석은 밥먹듯했죠 태어날때부터 내장성
기형이라서 항문도. 식도도 인공입니다
나중에 보시면 아시겠지만 여러군데 칼자리가
있는 아이지요. 지금은 감기도 안걸리는 건강한
선교1등여학생이 되었답니다 아르바이트 다니면서
조금 떨어져 2등~6등 지금은왔이죠. 4개국어정도는공부
하며 외교관 꿈을꾸며 양학 성형을위하며
틈틈이 아르바이트 강아지 미용실에 다니고 있답니다
그래도 꽤 모았답니다 7월달까지 또 열심히 달리면
어느정도 되겠습니다 이제는 모녀가정에 가장인
우리딸 엄마는 60세에 자그만 식당을 운영하여 한국정통요리
를 경영하고 있읍니다만 경기가 좀 그렇네요
원장선생님께서 한국에딸 우리 가 일본사람들
한테도 지지않고 일 이룰 한다는 것을 기특하게
생각 하셔서 도움을 요청합니다.
만약 확인이 필요하시다면 생장없게 보내드릴수도 있답니다
엄마 한테는 43세에 얻은 손녀같은 늦둥이라서
우리딸 않만나면 한국에서는 취직하기가 힘들텐데
여기서 우수한 성적에 외모까지 조금 받쳐주면
한국인으로서 훌륭한 외교관이 되게 도와주세요

마스크를 쓰는 일본의 문화 덕에 마스크를 쓰고 다니는 딸의 행동이 튀어보이진 않았지만, 매일 함께 생활하는 학교 친구들은 모두 이상하게 생각하고 있을 수밖에 없었다. 학창시절 내내 얼굴을 보여준 사람이 엄마와 유일한 단짝친구 한 명뿐이라는 점은 분명 문제가 있었다. 다른 사람의 외모를 비하하는 것이 잘못된 행동임은 분명하다. 그렇지만 정말 아무 말도 하지 않는 것이 바람직하기만 할까? 어차피 언어가 아니더라도 눈빛으로, 표정으로 상대방의 외모에 대해 어떻게 평가하고 있는지 표현하는 세상이라면 말이다. 이 나이의 사춘기 소녀에게 아무도 물어보지 않는데 혼자 외모에 대한 커밍아웃을 하는 것은 어려운 일일 수도 있지만, 만약 매일 얼굴을 마주하는 누군가가 먼저 관심을 가지고 물어보았다면 "사실은……" 이라고 오히려 더 쉽게 이야기할 수 있었을지도 모른다. 어쩌면 마음 터놓고 이야기하는 유일한 친구조차도 마스크 벗은 얼굴을 보고 아무 말도 하지 않은 것이 오히려 콤플렉스를 부추겼다고도 볼 수 있다. 외모에 대해 언급하기를 피하는 문화 때문에 아무도 그녀에게 "네가 턱에 문제가 있구나"라는 말을 하지 못하다보니 그 콤플렉스가 마음속에서 더 강하게 굳어져버린 것이다. 나는 그녀에게 즉시 가까운 병원에 들러 딸의 엑스레이 사진을 찍어 보내달라고 했고, 수술을 해주겠노라 약속했다. 그리고 1년 후 그녀의 딸은 성형수술로 평생의 콤플렉스였던 얼굴을 개선할 수 있었다.

다른 사람의 외모를 비하하는 것이 잘못된 행동임은 분명하다. 그렇지만 정말 아무 말도 하지 않는 것이 바람직하기만 할까?

한국에서도 비슷하게 외모 콤플렉스로 고생하는 여고생들이 있다. 하지만 오히려 주위사람들에게 편하게 고민을 털어놓고 웃으면서 이야기하는 친구들이 더 많은 것 같다. 그 과정에서 콤플렉스라 생각했던 부분이 남들의 눈에는 오히려 개성으로 보인다는 것을 깨닫기도 하고, 심각한 외모 콤플렉스를 해결하는 방법을 알아가기도 한다.

과거의 유교적 문화와는 달리 요즘의 우리나라 젊은 세대는 이러한 외모에 대한 대화에 비교적 자유로운 편이다. 여대생들의 대화 가운데 많은 부분이 외모에 관한 것이라는 통계도 있다. 물론 한국 사회에서 외모에 대한 과도한 지적이나 비하가 문제되기도 한다. 자녀들의 외모에 대해 부모가 지적한 것이 자녀에게 평생 씻을 수 없는 상처를 남기기도 한다. 친구들 사이에서의 외모 지적 때문에 왕따가 되기도 하고, 면접시험 등에서 외모 지적이 사회적인 문제가 되기도 한다. 외모에 대한 비하나 지적은 개인의 자존감을 흔드는 일이므로 당연히 바람직하지 않다. 하지만 이 재일교포 모녀의 경우, 어쩌면 상처를 주지 않는 선에서 적당히 서로의 외모를 이야기하는 것도 외모 스트레스를 배출하는 하나의 방법이지 않을까 하는 생각이 들게 하는 환자였다. 모든 것을 꼭꼭 막아놓는 것만이 능사는 아닌 것 같다. 현재의 상황에 대한 건전하고 중립적인 소통이 본인이 느끼는 스트레스를 건전하게 환기할 수 있는 방법이 아닐까 생각해본다.

너 세상에 불만 있냐?

십수 년 전 DJ DOC의 'DOC와 춤을'이라는 노래가 큰 인기였다. 젓가락질이 서툴다고, 머리를 빡빡 밀었다고 노래 속 주인공은 '너 사회에 불만 있냐?'는 핀잔을 듣는다. 사실 젓가락질이 서툴거나 머리를 빡빡 미는 것은 사회를 향한 반항심과는 전혀 상관관계가 없는데도 말이다. 우리나라는 외모에 대한 관심이 높은 문화여서 그런지 외모와 다른 성격적인 상황을 연관시켜서 쉽게 결론을 내리곤 한다. 눈이 크면 헤퍼 보인다거나 광대뼈가 크면 기가 세다, 대머리는 공짜를 좋아한다는 등 편견의 종류도 수없이 다양하다. 모두 그저 유전적으로 타고난 개개인의 형질인데, 이를 개개인의 성격과 결부시켜 인성까지 판단하기도 한다. 그러나 누구나 잘 알듯이 실제로 외모가 성격을 결정하는 것은 아니다. 어느 정도 나이가 든 후 표정 근육이나 기타 여러 가지 요인으로 인해 외모가 변하게 될 수는 있겠지만 광대뼈가 커서 성격이 세다거나 공짜를 좋아해서 대머리가 된다는 등의 속설은 전혀 근거가 없는 것이다. 많이 양보해서 설령 외모로 성격을 판단할 수 있다 한들, 다른 사람의 성격을 굳이 문제 삼을 이유가 있을까?

정말 외모처럼 성격이 센 사람이라 할지라도 다른 사람이 나서서 그 사람의 성격을 평가하고 비난할 권리는 없다. 그럼에도 불구하고 타인의 외모로 성격까지 결론내리는 사람들이 워낙 많다 보니 외모 콤플렉스에 빠지는 사람들 또한 점점 늘어나는 것이다. 호감형 얼굴이 아닌 사람들은 외모 때문에 받은 설움을 토로하며 사뭇 진지한 얼굴로 성형 상담을 받는다. 그들은 강한 외모 때문에 면접에서 탈락하기도 하고 소개팅이 실패로 끝나기도 하며 주변 사람들의 놀림을 받기도 한다. 실제 성격은 그렇지 않은데도 외모에서 비롯된 편견 때문에 심리적으로 위축되거나, 혹은 반대로 예민해지고 소위 말하는 센 성격이 되기도 한다. 이는 예쁘고 잘생긴 외모에도 마찬가지로 적용된다. 단정하게 생겼으니 품행도 단정할 것이라며 행동반경을 옥죄기도 하고, 예쁘고 화려하게 생겼으니 소위 말하는 노는 성격일 것이라며 그 사람 자체를 폄하하기도 한다. 늘 체면을 중요하게 생각하고 외모가 일상에 미치는 영향이 큰 나라이다 보니 다른 사람들의 시선을 받지 않도록 성형을 받고 싶어 하는 사람들도 많다.

광대수술을 받은 미정 씨도 비슷한 경우였다. 광주에서 옷가게를 하던 미정 씨는 꽤나 예쁘고 세련된 얼굴이었다. 하지만 어려서부터 술 잘 마시게 생겼다, 담배 피우게 생겼다, 놀게 생겼다는 이야기를 들었다고 한다. 결혼을 한 후에도 "남편 꽉 잡고 살겠다, 술집 하게 생겼다"는 이야기를 수도 없이 들었다고 한다. 사실 처음 환자에게 "본인이 아니면 되는 것 아닌가요?"라고 질문했다. 하지만 본인이 아무리 그렇지 않아도 이런 이야기를 들으면 기운이 빠진다고 했다. 이런 분들에게 더 이상 교과서적인 설명은 통하지 않는다. 그녀는 수술 후 부드러워진 얼굴형이 마음에 든다고 했다. 더 이상 본인의 외모가 다른 사람들의 입에 오르내리지 않는 것이 기쁠 뿐이라고 했다.

우리나라 사람들에게 누군가의 성형은 크든 작든 이슈가 된다. 지나가는 사람들을 보고도 그 사람은 어디에 손을 댔는지가 관심의 대상이 되는 세상이다. 하지만 그들이 왜 성형을 하는지는 관심이 없는 듯하다. 다른 사람의 외모로 성격까지 결론내리는 지금의 사회 분위기가 계속되는 한, 성형을 해서라도 다른 사람들에게 좋은 사람으로 보이고 싶어 하는 분위기 역시 크게 달라지지 않을 듯하다.

정치인의 얼굴

미국의 케네디 대통령은 미국에서 외모와 스타일링으로 관심을 받은 최초의 대통령으로, 수려한 외모 덕에 정치적 백그라운드가 없음에도 높은 인기를 얻었다. 우리나라에서도 외모가 출중한 정치인에 대한 대중적인 선호는 꽤 높은 편이다.

"시장에 갔더니 할머니들이 모여서 OOO 후보가 잘생겼다고 칭찬을 하는 거야. 아니, 일 잘하는 사람을 찍어줘야지, 왜 얼굴 잘난 사람을 찍어주냐고." 어느 정치 평론가의 말이다.

그러나 현실적으로 현재의 정치 상황을 보면 선거전에 출마한 정치인에 대한 정확한 지식을 갖고 투표를 하는 것은 매우 어려운 일이다. 그저 몇 번의 선거 방송이나 선거 포스터를 보고 선택해야 하는 경우가 대부분이다. 설령 열심히 후보에 대해 공부를 한 후 투표를 하더라도 막상 당선이 되어 하는 행동은 내가 기대했던 것이 전혀 아니어서 실망을 하게 되고, 소위 '이미지 정치'의 폐단을 이야기하는 경우도 많다. 그럼에도 불구하고 정치인에게 겉으로 보이는 이미지는 매우 중요하다. 그렇다면 과연 어떤 이미지, 어떤 얼굴에 투표를 하게 될까? 아마 시대적인 상황이나 이슈에 따라 달라질 수 있을 것이다. 과거에 어떤 후보는 상대방의 약점인 나이 차이를 부각시키기 위해 젊은 이미지를 부각시키기도 했고, 어떤 후보는 촌스러운 이미지를 개선하려고 하기도 했다. 최근의 포스터와 선거 관련 인쇄물을 보면 대부분의 후보들이 공통적으로 웃는 모습을 극대화해 친밀감을 강조하고 있다. 아마 대중과의 친밀감을 기반으로 신뢰성과 문제해결 능력을 강조하는 것으로 보인다.

이미 대통령으로 당선된 후에도 이미지 관리법 중 하나로서 외모를 관리하기도 한다. 과거 대통령이 재임 중에 수술을 받아서 화제가 되었던 적도 있다.

미국 오바마 대통령은 최초의 흑인 대통령이라는 점에서 시사하는 바가 크다. 오랜 세월 미국 사회에서 큰 이슈가 되어온 흑백 갈등이 크게 해소되었다는 것을 상징하고 있기 때문이다. 흑인과 백인의 갈등이 심하던 시절에는 흑인 대통령이 곧 백인에 대한 흑인의 승리로 비추어질 수 있었다. 흑인 인권 운동을 지도하던 마틴 루서 킹이나 제시 잭슨과 같은 정치인 역시 매우 훌륭한 인권운동가였지만 결국 대통령 자리에 오르지는 못했다. 투쟁만으로는 대다수를 차지하는 백인의 표를 얻을 수 없었던 것이다. 이 과정에서 오바마 대통령의 개인적인 이미지도 큰 역할을 했다. 투사로서의 이미지보다는 능력과 소통을 중요시하는 합리적인 매력과 유머에서 풍겨 나오는 여유에 대해서 백인 유권자도 선택을 하지 않았을까 한다.

그렇다면 아름다운 여성 정치인은 어떨까? 예쁜 얼굴은 정치인으로서도 도움이 될까? 지난 국회의원 선거 당시 한 여성 국회의원이 '여성 후보가 선거운동을 할 때 가장 효과적인 방법이 무엇'인지 묻는 질문에 "우리나라 정서에 여자가 너무 똑똑하게 굴면 밉상으로 보일 수 있으니 약간 모자란 듯 보여야 한다"고 답한 적이 있다고 한다. 섹시한 이미지의 한 덴마크 정치인은 정치적 행보보다는 SNS에 공개된 자극적인 사진으로 더 유명하고, 브라질에서 매력적인 여성 대통령이 등장했지만 정치인으로서의 마무리가 밝지만은 않았다. 인권 평등의 중요성을 강조하는 문화의 미국에서 아직까지 여성 대통령이 나오지 않았다는 것은 어쩌면 아직도 여성 정치인의 행보가 남성 정치인보다는 힘든 길이라는 반증일지도 모른다.

사람들은 여성 정치인에게 무엇을 기대하고 있을까? 남성 정치인보다는 더 감성적으로 접근할까? 독일의 메르켈 총리, 대만의 총통인 차이

잉원, 미얀마의 아웅 산 수 치 등 많은 여성 정치 지도자가 있다. 확실한 것은 우리가 알고 있는 여성 정치인들은 여성성으로 승부를 걸지 않았다는 점이다. 유명 여성 정치인들을 떠올려보면 대체로 아름다움이나 부드러움보다는 강인함과 결단력, 차가운 지성을 지닌 사람들이다. 정치가 사람들 사이의 의견 차이나 이해관계를 조정하는 활동이다 보니 부드러움으로 대변되는 여성성을 강조하다 보면 한 집단의 요구사항을 강하게 관철시키기 어렵다는 생각에 오히려 신뢰를 받기 힘들어지는 것이다.

대중은 얼굴이 아름다운 대통령보다는 신뢰하고 능력 있는 대통령을 원한다. 사회 정서적인 측면을 고려할 때 흑인만의 이익을 대변하는 사람이 대통령이 되기 힘든 것처럼 여성 대통령 후보가 여성의 이익만을 대변하는 한 대통령으로 당선되는 데는 큰 어려움이 따를 듯하다. 사회적으로 흑백 갈등이 해소되어 흑인 대통령이 등장하게 된 것처럼, 이제는 남녀 간의 대립 구도도 많이 해소되어 여성 정치인의 활동이 활발한 사회를 살아가고 있다. 정치인, 대통령의 얼굴에는 남녀, 흑백, 노소를 넘어서 어떤 것이 필요할까 궁금하다.

착각 속에 사는 자뻑남에게

거울을 볼 때 남자는 실제에 비해 자신이 잘생겼다고 평가하는 반면 여자들은 못생겼다며 박하게 평가하는 편이라고 한다. 또 남자들은 자신이 탄탄한 근육을 가진 남성미가 넘치는 사람이라 보는 반면 여자들은 이미 충분히 날씬하다 못해 빼빼 말랐음에도 살이 너무 쪄서 다이어트가 필요하다고 생각하는 편이다. 스스로의 외모에 대해 내린 평가만 보면 세상에는 잘생긴 남자와 못생긴 여자만 존재하는 것 같지만, 막상 거리를 지나다 보면 각자의 자체평가 결과와는 다소 차이가 있는 듯하다.

그런데 왜 유독 남자들은 자신의 외모에 후한 평가를 내리고, 여자들은 혹독한 비판을 쏟아낼까? 우리 병원에 자녀의 손을 잡고 방문한 수많은 부모님들의 모습을 보면서 내린 결론은, 그렇게 생각하며 성장하게끔 만들어온 사회적 분위기 때문이다. 딸의 손을 잡고 온 어머니들은 "얘는 눈도 너무 작고, 코도 너무 낮고, 얼굴형이 너무 동글동글하다"며 충분히 예쁜 딸의 외모에서 개선해야 할 점을 조목조목 짚어내는 반면, 아들의 손을 잡고 온 어머니들은 "우리 아들은 다 너무 잘생겼는데, 코만 좀 더 높으면 더 완벽할 것 같다"고 말한다. 유난히 우리나라 남자들은 어려서부터 장군감이다, 대통령이 될 얼굴이다, 잘생겼다는 말을 듣고 자란다. 그러다 보니 자신도 모르게 최면이라도 걸린 듯하다.

여자들은 평소에도 외모를 끊임없이 평가받는 데 비해, 남자들은 외모를 평가받을 기회가 많지 않다. 수많은 미인대회들이 아름다운 여성 후보들을 한자리에 모아두고 그 안에서 순위를 매기고 있지만, 같은 형식의 미남 대회는 매우 드물다. 공식적인 자리에서 화장을 하지 않은 여자들에게는 매너가 없다는 비난이 쏟아지지만, 화장을 하지 않은 남자에게서는 문제의식조차 느끼지 못한다. 유독 여성들에게만 아름다움에 대한 압력이 강한 것이다.

지금까지의 역사는 동서양을 불문하고 남자들의 역사였다. 인권 문제를 일찍이 바로잡아온 나라들조차도 양성평등이 강조되기 시작한 것은 지난 역사의 길이에 비하면 미미한 수준이다. 남자들이 지배하는 세상에서, 남자들이 부와 명예, 권력의 크기로 자신의 우월함을 입증

스스로의 외모에 대해 내린 평가만 보면 세상에는 잘생긴 남자와 못생긴 여자만 존재하는 것 같지만, 막상 거리를 지나다 보면 각자의 자체평가 결과와는 다소 차이가 있는 듯하다.

해온 데 비해 여자들에게는 '아름다움'이 서로의 우열을 가릴 수 있는 가장 큰 무기였던 것이다. 과거에는 갈비뼈가 부러질 만큼 강하게 코르셋을 조여 매던 여자들이 요즘은 거식증에 걸릴 만큼 무리한 다이어트를 한다. 그만큼 남자에 비해 여자들이 외모의 압박을 많이 받는다는 것이다. 즉, 거울을 볼 때 남녀의 차이는 곧 남녀가 외모에 대해 받는 사회적 압력의 차이라 볼 수 있을 듯하다.

아직도 거울을 보면서 '이만하면 잘생겼지'라고 생각하는 자뻑남들에게 말한다. 당신의 어머니와 할머니를 제외하고, 당신에게 잘생겼다고 이야기하는 사람이 누구인지 가만히 생각해보라. 그리고 다시 한 번 거울을 보자.

남자의 매력은 자본이다
– '여자의 변신은 무죄'에 대하여

/

축구선수 데이비드 베컴, 배우 톰 크루즈, 조지 클루니는 호감이 가는 외모에 유머와 활력, 세련됨까지 갖춘 매력적인 인물들로, 전 세계에서 수많은 사람들의 지지를 얻었다. 하지만 이들이 반드시 잘생겼다는 이야기만은 아니다. 또 유명 연예인이나 정치인에 국한된 것만도 아니다. 전 세계적인 인기를 누리는 수많은 사람들을 보면 다양한 자신만의 매력을 어필해 대중의 사랑을 받을 수 있게 되었다.

런던정책연구센터의 연구위원인 캐서린 하킴은 자신의 저서 《매력 자본》에서 '매력 자본'이라는 용어를 만들어냈다. 매력 자본이란 "타인이 자신에게 매력을 느끼게 하고, 호감을 얻어 더 많은 돈을 벌 수 있게 하는 기술을 뜻하며, 다른 사람들을 쉽게 친구 혹은 연인, 동료, 고객, 의뢰인, 팬, 추종자, 유권자, 지지자, 후원자로 만든다"고 설명한다. 개인의 매력이 곧 개인의 경쟁력이 된 것이다. 그러나 사회는 곧잘 매력적인 외모가 곧 경쟁력이라는 사실을 터부시한다. 살면서 외모는 중요하지 않다는 마음에 없는 말을 하고, 외모지상주의가 판치는 사회 분위기를 끊임없이 비판하기도 한다. 매력의 여러 가지 조건 중 외모는 빼놓을 수 없는 것도 사실인데 말이다. 비단 한국뿐만 아니라 다른 나라에서도 외모에 대해 이야기하는 것을 무례한 행동으로 여긴다. 최근 우리 병원을 방문한 이탈리아의 성형외과 의사 마르코와의 대화에서 놀라운 사실을 발견했다. 우리의 생각으로 서양은 모두 외모를 중요시하고 개방적으로 이야기할 것으로 생각했다. 하지만 그의 이야기를 들어보면 이탈리아도, 유럽 다른 곳을 포함하여 외모를 중요시 여기는 것을 점잖지 못한 것으로 여기고 터부시하는 경향이 있다고 했다. 미국식 외모지상주의에 대해 반대하고 사회적으로 반감이 있다는 것이다.

물론 매력이라는 단어가 반드시 잘생기고 예쁜 외모의 동의어는 아니다. 프랑스에서 생긴 '벨르 레이드belle laide'라는 말은 '못생겼지만 훌륭한 스타일이나 뛰어난 자기표현 때문에 매력적인 여성'을 뜻한다. 그러나 이러한 단어가 존재한다는 자체가 어쩌면 사회가 여성의 외모에 대해 얼마나 공공연하게 이야기하고 있는지를 보여준다. 정말 외모가 중요하지 않다면 애초에 '못생겼지만'이라는 전제가 붙지 않았을 터다.

이에 비해 남자의 외모에 대해 이야기하는 것은 여자의 외모를 이야기하는 것보다 훨씬 강하게 터부시된다. 전통적으로 남자들은 자신의 가정을 외부의 위협으로부터 보호할 수 있는 강함이 중요한 덕목이었다. 남자의 매력은 곧 강함이었고, 상대적으로 외모의 중요도는 낮은 편이었다. 오히려 잘생긴 남자를 흔히 여자처럼 생겼다거나, 너무 제비처럼 생겼다고 비하하기도 한다. 너무 잘생기면 남자들 사이에서의 사회생활이 어렵다는 통념 때문에 잘난 외모를 죽이기 위해 안경 등을 사용하기도 한다.

동물의 사회에서 마음에 드는 암컷을 차지하는 방법은 크게 두 가지다. 하나는 직접 암컷에게 매력적이게 구애를 하는 것이고, 다른 한 가지 방법은 수컷들끼리 싸움을 해서 최후의 승자가 되는 것이다. 최재천 교수님의 글을 읽어보면 곤충들이 얼마나 애절하게 구애를 하는지 알 수 있다. 반대로 사자는 수컷들끼리 목숨을 걸고 싸워서 이긴 자가 암사자를 차지한다. 패배한 자는 무리를 떠나야 한다. 전자가 매력이라고 하면 후자는 능력이라고 볼 수 있을 것이다. 동물의 사회가 복잡해지고 자신의 종족을 안전하게 보호할 수 있는 필요가 증가할수록 후자인 능력이 우선되었다.

그러나 인간의 사회는 차원이 다르게 복잡하다. 또 이제 사회가 변했다. 남녀가 동등해지면서 남자에게도 외모의 중요도가 높아졌다. 대

이제 사회가 변했다. 남녀가 동등해지면서 남자에게도 외모의 중요도가 높아졌다.

외 활동이 많은 직업이라면 남자에게도 외모를 단정하게 가꿀 것을 요구한다. 매력도를 높이기 위해 세련된 느낌이 날 수 있도록 스타일링에 공을 들이고, 더 친절하고 다정하게 말하며 유머 감각을 기를 수 있도록 훈련한다. 이제는 남자에게 매력이 점점 더 중요한 능력으로 떠오르게 된 것이다.

그럼에도 불구하고 아직 남자들은 외모 가꾸기를 소홀히 한다. 실제로 성형외과의 남자 환자는 일반적으로 10퍼센트 정도다. 외모를 가꾸는 여러 분야에서도 남성은 아직 소수다. 역발상적으로 조금만 생각을 바꿔 보면 모두가 소홀하기 때문에 조금만 신경 쓰면 훨씬 매력 있는 사람이 될 수 있다.

매력적이고 싶은 남자들이여. 남들보다 조금만 외모를 가꾸어보자. 약간의 노력으로 훨씬 매력적이고 경쟁력 있는 사람이 될 수 있을 것이다.

만우절에 하는 '못생겼다'는 말은 진심이다

/

한 여자가 있다. 그에게는 어릴 적부터 친하게 지내온 남자 '친구'가 있다. 그는 매년 만우절이면 장난처럼 "나 너 좋아해"라는 고백을 하고, 다음날이면 아무 일도 없었던 것처럼 대한다. 여자는 남자의 마음이 헷갈리지만, 그렇다고 만우절 농담을 이유 삼아 남자에게 왜 그런 말을 했는지 물어보기엔 왠지 창피한 기분이다. 한편, 남자는 예전부터 여자를 좋아했지만, 너무 오랜 시간 친구로 지내온 여자에게 섣불리 고백했다 친구 자리까지 잃게 되지는 않을까 걱정이다. 해마다 만우절이면 그녀의 마음을 떠보기 위해 장난스럽게 좋아한다는 고백을 해보지만, 그다지 대수롭지 않게 여기는 듯한 여자의 반응을 보며 올해도 마음을 접어야겠다는 다짐을 한다. '썸'을 타는 상황이다.

그런데 올해에 결정적인 일이 생겼다. 좋아한다는 남자의 장난 고백에

"너는 얼굴이 너무 커서 안 된다"는 장난스러운 대답을 한 것이다. 어색함은 잠깐이었지만 남자의 마음에는 돌이킬 수 없는 상처가 남았다. 만우절에는 수많은 장난과 거짓말이 오간다. 다소 짓궂은 장난조차도 그럴 수 있는 일로 유쾌하게 넘어갈 수 있는 날이기도 하다. 이날만큼은 입밖으로 꺼낸 말에 굳이 책임지지 않아도 되기 때문이다. 그 어떤 말도 "장난이야. 오늘 만우절이잖아"라며 핑계를 댈 수 있다. 그런데, 앞에서 이야기했듯이 오히려 만우절에 하는 말이 진심인 경우가 많이 있다. 생각해보자! 아무리 만우절이라 해도 싫어하는 사람에게 거짓으로 사랑을 고백하지는 않는다. 마음에 있는 말을 온전히 다 꺼내더라도 상대방은 그 말을 진심으로 받아들이지 않는 날이기 때문에 오히려 더 자신의 마음속 진실 이야기를 할 수 있는 것이다. 그렇기 때문에 만우절에 하는 농담은 어떨 땐 더 뼈아픈 말이기도 하다.

만우절이 아니더라도, 우리나라 사람들은 친구들끼리 외모에 대한 농담을 많이 한다. 이때 외모에 대한 말을 던진 사람들은 농담이라는 말, 혹은 친해서 그렇다는 말로 그 상황을 빗겨나간다. 하지만 듣는 사람 입장에선 매우 불편할 수 있다. 혹시라도 화를 내거나 하면 '그냥 편해서, 아니면 장난으로 하는 이야기인데 뭐 그런 것 갖고 이렇게 화를 내다니 속이 좁은 사람이구나' 하는 핀잔을 받는다. 이런 핀잔을 듣고 싶지 않은 사람들은 혼자 조용하게 상처를 받아야 한다. 이러한 거짓말을 무시하는 사람들은 흔히 성격 좋은 사람으로 평가받기도 한다. 그러나 그들이 정말 아무렇지 않은 것은 아니다. 이미 못생겼다는 농담 때문에 수없이 마음속에 상처를 받고 너무 익숙해져 인이 박힌 것이다. 성격이 좋다는 말 때문에 외모에 대한 어떠한 농담도 웃어넘기려 노력하지만, 막상 상담실에서 그들의 이야기를 들어보면 이미 자존감은 많이 낮아져 있고 마음으로 피눈물을 흘리고 있는 경우가 많다. 상담을 하다 보면, 이렇게 오랫동안 트라우마를 받았던 환자들은 자신의 사연을 웃으며 이야기하면서도, 꼭 성형으로 콤플렉스를 해결하고 싶다며 강경하게 이야기하는 편이다. 이러한 거짓말을 일상적으로 듣던 사람들은 진심이 담긴 거짓말을 듣고 혼란을 느낀다. 친하다는 이유로, 만우절이라는 이유로 농담처럼 던지는 말들이, 또는 솔직함을 핑계로 하는 외모에 대한 농담들이 실은 더 상대방의 마음을 아프게 하는 말이다. 그 이면에는 '내가 하는 말은 진심이야'라는 속내를 감추고 있기 때문이다.

돌아오는 만우절에는 이왕이면 "네가 가장 예뻐"라는 거짓말을 해보는 건 어떨까. 진심이 담겨 있든, 그렇지 않든 중요하지 않다. 당신의 진심은 평소의 태도로 충분히 전달될 수 있을 것이다. 어차피 책임지지 않아도 되는 거짓말이라면, 상대가 들어도 기분 좋은 거짓말을 하자.

다시 태어나도
이 얼굴로?

/

'다시 태어나도 지금의 배우자와 결혼하시겠습니까?'

부부가 함께 출연하는 TV 프로그램에 단골로 등장하는 질문이다. 심지어 거짓말탐지기를 가져다 두고 그 대답이 진실인지 아닌지를 테스트한다. 어떤 사람은 적당히 분위기를 맞추기 위해 그렇다고 대답하기도 하지만, 어떤 사람은 이번에 이 사람이랑 행복하게 살고 다음 생에는 다른 삶을 살고 싶다거나, 상대에게도 기회를 주어야 하는 것 아니냐는 재치 있는 말로 대답을 회피한다. 원래 그런 질문을 하는 것 자체가 실례라며 대답을 거부하기도 한다. 그런데 최근 들어서, "아니다"라고 하는 사람이 많아지는 것은 왜일까?

2014년에 국립현대미술관 덕수궁 관에서 '창조적 리더들을 위한 문화예술'이라는 과정을 들었던 적이 있다. 커리큘럼 중에는 정년퇴임을 하신 서울대 미학과 명예교수님의 강의가 예정되어 있어 기대를 갖고 수업에 참석했다. 강의가 시작되었다. 아리스토텔레스부터 시작되는 매우 어렵고 형이상학적인 내용이지만 워낙 오랜 기간 강의를 하던 분이다 보니 비교적 일반인도 쉽게 이해할 수 있었다. 그런데 나이는 속일 수 없는 것인지 교수님께서 강의 중간 중간 한숨을 쉬시기도 하고, 강의가 유독 힘겨워 보였다. 간신히 1교시를 끝내시고 잠깐을 쉰 후에 2교시가 시작되었다. 교수님은 다소 힘겹게 운을 떼셨다.

"제가 좀 오늘 힘들어하죠? 사실 오늘 아침 제 아내의 장례를 치르고 왔습니다."

결국 교수님의 눈에 눈물이 괴는 것을 볼 수 있었다. 사연은 며칠 전 평생을 같이 한 아내를 보냈는데, 이미 6개월 전 약속한 강의라 도저히 일정을 조율할 수 없어 예정대로 강의를 하게 되었다는 것이다. 약속을 지키려 애쓰신 교수님의 모습도 감동적이었지만, 강의 내내 가슴이 미어지는 듯한 교수님의 인간적인 모습을 보며 그날의 강의를 듣는 내내 마음 한편이 묵직한 느낌을 한동안 잊을 수 없었다.

얼마 지나지 않아, 서점에서 우연히 그 교수님이 새롭게 출간한 책을 발견하게 되었다. 반가운 마음에 표지를 넘겨보았는데, 첫 장에 보이는 헌사가 내 눈길을 사로잡았다. "나의 평생 반려자가 되어준, 오늘 세상을 떠난 부인에게 이 책을 바친다"는 문장에서 노교수의 절절한

나라면 어떨지 생각해보았다. 지금의 얼굴에 크게 불만이 있는 것은 아니지만, 굳이 다음 세상에 이 모습으로 태어나야 할까 하는 생각이 들었다.

사랑을 느낄 수 있었다.

부부관계에 대한 질문을 받았을 때 부부가 곤란해하는 이유는 아마도 이 질문이 현재의 결혼생활에 대한 만족도 조사처럼 느껴지기 때문일 것이다. 현재 만족하면 다시 같이 살아야 하고, 다시 살지 않는다고 하면 현재 만족하지 않는 것이라는 논리다. 하지만 조금만 더 생각해보면, 현재 부부생활에 만족하더라도 다시 이 배우자를 선택할지, 새로운 시도를 해볼지는 전혀 다른 문제라는 것을 알 수 있다.

어느 날 문득 이런 생각이 들었다. 사람들은 다음 생에 자신의 배우자를 다시 만나고 싶은 만큼 자신의 얼굴도 다시 만나고 싶을까?

"현재의 얼굴에 만족하십니까?"

"다시 태어나도 지금의 얼굴을 갖고 싶으십니까?"

이 두 가지 질문도 긴밀하게 연결되어 있지만 첫 번째 질문이 긍정이라고 해서 두 번째 질문도 반드시 긍정이어야만 하는 것은 아닌 것 같다. 나라면 어떨지 생각해보았다. 지금의 얼굴에 크게 불만이 있는 것은 아니지만, 굳이 다음 세상에 이 모습으로 태어나야 할까 하는 생각이 들었다.

주위 사람들에게 물어보았다. 모두 이런 질문은 생각해본 적이 없다는 반응이었다. 외모가 모자란다고 생각하는 사람이야 당연하겠지만 평범한 외모를 가진 사람도, 예쁜 외모를 가진 사람도, 대부분 굳이 지금의 얼굴로 다시 태어나야 하냐는 반응이다. 다들 만족하지 않는 것은 아니지만 다음 생애에는 다른 얼굴로 태어나보고 싶다는 것이다. 우리의 얼굴에 대한 실제 만족도가 낮은 것일까, 아니면 새로운 얼굴에 대해 도전적인 것일까? 수십 년을 함께 살아온 반려자를 잃은 노교수의 눈물처럼 평생을 가지고 살아야 하는 지금의 얼굴을 다시 갖지 못한다는 사실에 가슴이 미어지는 사람은 얼마나 될까?

아름다움은
본능이다

아름다움을 추구하는 것은 모든 생물에게 공통적으로 나타나는 현상이다. 심지어 태어난 지 얼마 되지 않은 신생아조차도 예쁜 사람과 그렇지 않은 사람의 사진을 보여줄 때, 예쁜 사람의 사진을 보면서 더 많이 웃는 경향이 있다고 한다. 온 사회가 비판하는 것처럼 외모지상주의가 어느 날 갑자기 대두된 사회적 현상은 아니라는 의미이다.

대부분의 동물들은 짝짓기를 할 때 아름다움으로 자신의 우월함을 최대한 어필한다. 동물들은 대체로 암컷이 수컷을 선택하는 경향이 있어 선택을 받아야 하는 입장인 수컷의 외모가 훨씬 화려하고 눈에 띄는 편이다.

동물 세계에서의 아름다움은 생존에 도움이 되는 강인함이 기준이 되는 경우가 많다. 그러다 보니 암컷의 선택을 받기 위해서는 가족을 보호할 수 있을 만큼 강하거나 새끼에게 물려줄 훌륭한 DNA를 가지고 있어야 한다. 이에 동물들은 저마다의 화려한 외모를 암컷에게 효과적으로 어필할 수 있는 쪽으로 진화해왔다. 공작새는 매우 크고 색이 현란한 날개로 암컷의 시선을 사로잡으려 노력하고, 사자는 길고 화려한 갈기로 자신의 아름다움을 뽐낸다.

만약 공작새의 날개를 성형으로 더 크고 화려하게 바꿔준다면, 그 공작새는 암컷에게 선택 받을 수 있을까? 만약 사자의 갈기를 더욱 길고 멋지게 바꾸어준다면 그 사자는 무리의 우두머리가 되는 데 도움이 될까? 그동안 동물들을 이용한 사회적인 연구들이 많이 진행되었지만 왠지 '동물들의 성형 효과가 짝짓기에 미치는 영향'이나 '동물의 외모가 사회적인 지위에 미치는 영향'이라는 논문을 본 적은 없는 것 같다.

인간 역시 아름다움을 추구하는 존재다. 이것은 본능이다. 인간은 단순히 종족 번식을 넘어 사회적으로 인정받기 위해서도 더 아름다워 보이고 싶어 한다.

아름다움을 그저 아름다움으로만 보는 것이 아니라 그 사회적 영향까지 고려하다 보니, 외모지상주의나 외모에 대한 차별 등의 문제에 사회적, 이데올로기적으로 예민해지는 것 같다. 특히 영향력이 큰 매체에서는 미스코리아 등의 외모지향적인 방송이 금지된 지 오래고 연예인들의 외모에 대한 발언이 물의를 일으키기도 한다.

동물 세계에서의 아름다움은 생존에 도움이 되는 강인함이 기준이 되는 경우가 많다. 그러다 보니 암컷의 선택을 받기 위해서는 가족을 보호할 수 있을 만큼 강하거나 새끼에게 물려줄 훌륭한 DNA를 가지고 있어야 한다.

최근에는 여성 단체에서 케이블TV 방송인 '메이크 오버 쇼'의 중단을 요구하면서 시위를 벌이기도 했다. 당연히 이 사회의 누구도 외모 때문에 불이익이나 차별을 받아서는 안 된다. 그러나 아름다운 것을 아름답다고 이야기하는데 누군가의 눈치를 봐야만 하는 건 어쩐지 좀 슬픈 일이다.

아름다움에 대한
이기적 유전자

현재 지구에는 약 73억 이상의 사람이 살고 있다. 여러 가지 이유로 통계에 잡히지 않는 사람도 있을 테니 지금 이 시각 지구에는 최소 73억 가지 이상의 얼굴이 존재하는 것이다. 그런데 신기하게도 세상에 똑같은 얼굴은 존재하지 않는다. 같은 부모를 둔 일란성 쌍둥이조차 서로 다른 얼굴을 하고 있다.

조물주가 사람을 만들 때 수천, 수만 명의 사람을 구분하기 위해 서로 다른 얼굴을 부여했다고 한다. 그중에는 또렷하고 예쁜 눈을 가진 사람도 있고, 선이 예쁜 얼굴형을 가진 사람이나 멋진 몸매를 가진 사람도 존재한다. 이처럼 모든 사람이 서로 다른 자신만의 개성을 가지고 살아가고 있다.

인간의 외모는 기후의 특색에 따라 진화해왔다. 예를 들어 추운 지방에서는 찬바람으로부터 몸을 보호하고 발열을 줄이기 위해 속눈썹이 길어지고 귀가 작아지며, 이러한 얼굴에 가까울수록 사회가 선호하는 얼굴이 됐다. 더운 지방에서는 발열을 늘려 체온을 떨어뜨릴 수 있도록 이목구비를 비롯해 전체적인 신체 부위들이 큼직큼직하게 발달한 편이다. 이처럼 인간은 생존을 위해 자연 환경에 더 유리한 방향으로 적응해왔고, 그 환경에 가장 잘 적응할 수 있는 외모가 바로 이상적인 아름다움이라는 미美의 기준이 자연적으로 발생하게 되었다. '아름다움은 무엇인가'라는 질문에 여러 가지 이견이 있을 수 있겠지만, 사회에 잘 적응할 수 있는 형질을 말한다거나, 짝짓기를 잘할 수 있어서 종족 번식에 유리한 형질이라는 측면도 들 수 있을 것이다.

사람들의 코의 높이가 10밀리미터부터 20밀리미터까지 고르게 분포한 사회가 있다고 가정하자. 모든 사람의 외모가 평등하게 아름다운 것으로 인식하는 사회라면 코의 높이가 10밀리미터든 20밀리미터든 사람들에게 그다지 중요한 문제는 아닐 것이다. 문제는 환경적인 요인으로 인해 필연적으로 사람들이 선호하는 코와 그렇지 않은 코가 생겨난다는 점이다. 기후 영향으로 15밀리미터일 때 가장 생존에 유리하고 이것이 이상적으로 아름다운 상태라고 여겨진다고 가정해보자. 그렇다면 누구나 15밀리미터의 코를 원할 것이다. 14밀리미터거나 16밀리미터라면 환경에 적응하기에 큰 문제가 없겠지만 분명한 것은, 환경에 적응하기 힘든 10밀리미터나 20밀리미터와 같은 극단적인 코의 높이는 환영받지 못한다는 것이다. 낮은 코를 가진 여자에게 당신의 2세의 코는 어떻게 되었으면 좋겠냐고 묻는다면 당연히 15밀리미터가 되었으면 좋겠다고 대답할 것이다. 이런 경우에 '아무거나' 혹은 '복불복'이라고 대답하는 사람은 없을 것이다. 이처럼 대부분의 사람은 평등한 것과는 별개로 나와 내 가족은 평등하지 않기를 바란다. 이것은 사회와 자연에 잘 적응하기 위함이다

문제는 여기서 출발한다. 모든 사람이 남들과는 다른 얼굴을 가지고 있는 가운데, 그중에서도 '나'는 특별히 더 유리해지거나, 우월해지고 싶은 것이 인간의 본능이다. 때로는 한 가지를 가진 사람도 더 많은 것을 가지려고 한다. 누구나 이상적이라 여기는 예쁜 눈을 가지고 있어도 남이 가진 높고 오뚝한 코를 갖지 못한 것에 불만을 가진다. 서로 다른 개성을 가진 남녀가 만나 결혼을 하고 아이를 갖게 되면 자신의 아이가 사회에 적응하는 데 더 유리한 외모를 갖고 태어나기를 바라게 된다. 이에 사람들은 사회에 적응이 유리한 외모를 얻기 위해 성형수술과 같은 적극적인 방법을 선택한다. 자녀에게 그것을 권할 수도 있다. 만약 많은 사람들이 15밀리미터의 코 높이를 선호해서 모두 그렇게 성형수술을 한다면 어떻게 될까?

한때 성형을 받은 사람들의 외모가 서로 거의 비슷하다는 이유로 조롱

을 받기도 했다. 그런데 이것이 웃을 일일까? 이것은 누구 때문일까? 이상적인 아름다움은 이미 그 환경에서 가장 적응이 유리하다는 사회적 동의가 이루어진 기준이자 많은 사람들이 이러한 상태를 선호한다는 것을 의미한다. 즉, 성형한 사람들의 외모가 비슷해지는 것은 성형외과가 특정한 외모 스타일을 미의 기준으로 강제 주입하는 것이 아니라, 사회적 합의에 따라 이상적인 아름다운 기준으로 정해진 얼굴을 대부분의 사람이 선호하기 때문인 것이다.

영화에 보면 미래에 인간을 복제하는 설정이 나온다. 그런데 아무도 그들의 얼굴에 대해서 생각해보지 않는다. 그들의 얼굴은 어떻게 생겼을까? 그들의 얼굴은 누가 정하는 것일까? 그들을 가장 잘생기거나 예쁜 사람으로 만들어야 할까? 복제인간이 어떤 모습일지는 복제인간을 만드는 상황, 목적에 따라 달라질 수도 있을 것이다. 군인을 만든다면 적을 제압할 수 있는 강한 인상의 사람이나 한국의 이순신 장군이나 미국의 맥아더 장군과 같은 위인의 얼굴을 떠올릴 것이고, 그 나라의 미인을 만들어야 한다면 미인대회 수상자를 복사하거나 미인의 평균 형을 복제해야 할 것이다. 아니면 인기가 있는 특정 연예인의 얼굴을 떠올릴 것이다. 물론 만드는 사람이 정하겠지만 어떤 상황에 따라 달라질 수 있다는 것이다. 왜냐하면, 이렇게 외모만을 두고도 사람들은 특정한 상황에 어울리는 정형화된 얼굴을 떠올린다. 심지어 '아나운서 얼굴', '승무원 얼굴' 같은 직업적인 특성을 대표하는 얼굴은 물론, '맏며느리 얼굴'이나 '막내딸 얼굴' 등과 같은 성장 환경까지도 특정 이미지로 규정하는 경향이 있다. 그 얼굴이 그 환경에 가장 최적화된 얼굴이기 때문이다.

남보다 우월한 외모를 갖기 위해 성형을 받은 후의 모습이 오히려 남들과 비슷해지는 것은 역설적이지만 어떻게 보면 자연스러운 일이다. 그 얼굴이 바로 그 시대를 살아가는 사람들 사이에서 생존에 최적화된 것으로 인정받고 있으며, 아름다운 것으로 사회적 합의가 이루어진 얼굴이기 때문이다. 각자의 개성이 살아 있는 얼굴, 유행처럼 급변하는 것에 비해 고전적인 아름다움은 시대를 불문하고 찬양받는다는 점에서 두말할 나위가 없다.

PART
03
/
누구나 예뻐지는 것을 꿈꾼다

#어느 암 환자의 첫 번째 버킷리스트 #40대의 버킷리스트 #시한부 어머니의 마지막 선물
#모델이 되고 싶은 크루존증후군 아이 #성형외과에서도 심폐소생술을 한다 #수녀님도 예뻐지고 싶다
#웰에이징well-aging 시대 #열심히 일한 당신, 예뻐져라?

어느 암 환자의 첫 번째 버킷리스트

/

의사에게는 삶의 터닝 포인트가 될 만큼 기억에 남는 환자들이 있다. 그 환자들은 의사의 가운을 벗기기도 하고, 벗으려던 가운을 다시 고쳐 입게도 만든다. 나에게도 그런 환자들이 있다. 수술과 항암치료, 방사선치료를 하며 3년 동안 투병생활을 한 뒤 나의 진료실을 찾은 지영 씨. 그녀는 나에게 성형외과 의사로서의 옷매무새를 가다듬게 하였다. 지영 씨는 조용한 성품이 엿보이는 30대 초반의 여성이었다. 그녀는 코와 안면윤곽 수술을 하고 싶다고 했다. 상담을 할 때 꼭 하는 질문 중 하나가 병력이다. 지금까지 앓아온 질병은 수술 이전에 반드시 체크해야 하는 항목이기 때문이다. 지영 씨는 이십대가 끝나가는 시기에 위암 3기 판정을 받았고, 수술과 항암치료, 방사선치료를 하며 3년 동안 투병생활을 했다고 말했다. 예상치 못한 대답이었다. 큰 수술과 힘든 투병생활을 한 뒤 다시 수술을 결심하는 것은 결코 쉬운 일이 아니었다.

"현재는 어떤 상태세요?"

"지난달에 완치 판결을 받았어요."

"아, 정말 다행입니다."

"완치 판결을 받고 제일 먼저 하고 싶은 것이 성형수술이었어요. 항암치료를 하면서도 나으면 성형해야지, 그 생각을 했어요."

나는 섣불리 다른 말을 잇지 못하고 고개를 끄덕이며 의미 없는 표정만 지었다.

"다들 나보고 미쳤다고 해요. 암 수술한 사람이 몸에 또 칼을 대고 싶냐고. 죽을 고비 넘긴 사람이 무슨 성형을 한다고 또 수술이냐며, 가족들은 어이없어 해요."

상황으로 보면 가족들 마음도 충분히 이해가 되었다. 고민 끝에 나는 다시 한 번 생각해보라는 말을 하려고 했다. 그런데 지영 씨의 말을 듣고는 차마 그 말을 할 수 없었다.

"가족들이 저를 걱정해서 그런다는 건 잘 알아요. 하지만 전 하고 싶어요. 왜냐하면 제가 살날이 얼마 안 남았을 수도 있으니까요."

"요즘 암 수술하고도 장수하시는 분들 많잖아요. 마음 약해지지 마세요."

"큰 병을 앓으면서 죽는다는 게 현실이구나, 생각하게 됐어요. 인간이니까 죽는다는 것은 알았지만…… 뭐랄까, 실감을 못했죠. 나도 죽는 거구나, 받아들이게 됐죠. 더구나 암에 걸리고 말았으니, 완치되었다고는 하지만 재발의 가능성은 얼마든지 있다고 의사선생님도 말했고, 내가 앞으로 얼마를 살 수 있을지는 아무도 모르는 일이죠. 사실 뭐, 지금 건강한 사람도 마찬가지지만요."

나는 지영 씨가 다시 말을 이을 때까지 기다렸다.

"그러니까 살 때 최선을 다해 충실하게, 충분하게 살고 싶어요. 어렸을 때부터 콤플렉스였던 얼굴도 성형해서 좀 더 예쁜 모습으로 살고 싶어요. 모든 것에 최선을 다하며 살고 싶어요. 언제 죽을지 모르는데 내 시간을 대충 보내고 싶지 않아요."

지영 씨의 수술 결과는 다행히도 매우 좋았다. 내가 예상했던 것 이상으로 좋은 결과였고, 지영 씨 또한 흡족해했다. 인간이 하는 모든 행위에는 인간의 수만큼 많은 이유들이 있고, 많은 가치들이 내포되어 있다. 지영 씨에게 있어 성형수술은 삶을 위한 적극적인 선택이며 적극적인 자기애의 표현이었다. 적어도 지영 씨에게 있어 성형은 그런 의미였다.

40대의 버킷리스트

/

아마존닷컴의 제프리 베저스는 워싱턴포스트를 인수한 이후 기자와의 대담에서, IT기업의 CEO가 왜 이러한 고전적인 기업을 인수하는지 묻는 질문에 대해 "어릴 때부터 해보고 싶었는데 더 늦으면 할 수 없을 것 같아서 인수했다"라는 답변을 했다. 또 우주개발사인 스페이스X의 CEO 일론 머스크는 전기자동차 회사인 테슬러모터스를 인수하면서 "어릴 적부터 전기 자동차에 관심이 있었다"고 이야기했다. 그들에게는 이러한 활동들이 어린 시절부터 마음속에 품어온 버킷리스트였을 것이다.

살면서 성형을 하고 싶어도 결국 하지 못하는 이유는 여러 가지다. 돈이 부족할 수도 있고, 열심히 살다가 보니 시간이 부족해서일 수도 있다. 막상 하려면 무서워서일 수도 있다. 그러나 40~50대 정도가 되면 평생 콤플렉스로 남겨둔 단점들에 대해 어느 정도 '외모 버킷리스트'가 정리된다. 평생 동안 작은 눈이 고민이었다면 살면서 언젠가는 큰 눈을 갖고 싶을지도 모른다. 주먹코 때문에 놀림을 받아온 사람이라면 언젠가 남들처럼 높고 예쁜 콧대를 갖고 싶을 수도 있다. 그런데 이러한 버킷리스트가 실행으로 옮겨지기 위해서는 특별한 계기가 필요한 것이 일반적이다. 평생 히말라야의 한 봉우리를 정복하고 싶어 했다면, 만약 세계일주가 꿈이었다면, 혹은 지금 사는 지긋지긋한 배우자랑 이혼하는 것이 소망이라면, 과연 이 일을 언제 실행하는 것이 좋을까? 한 가지 분명한 것은 히말라야 등반은 너무 나이가 들면 안 된다는 것이다. 현재의 배우자와 이혼하는 것도 너무 늦어서는 의미가 없을 것이다.

그렇다면, 외모 버킷리스트는 어떻게 실현될까? 대개 개인적으로나 사회적으로 인생의 큰 사건, 트라우마에 가까운 사건이 생기면 꼭 하고 싶었지만 하지 못한 일들을 실행에 옮기기 시작하는 경우가 많다. 자연스러운 마무리, 혹은 큰 성공을 한 경우에도 그렇지만 보통은 나쁜 사건일 때 그렇다. 배우자의 외도를 알게 되었거나 시한부 선고를 받았을 때처럼 개인적인 불행을 겪었을 때도 그렇고, 세월호 참사와 같은 사회적 트라우마를 겪어도 그렇다. 어차피 열심히 살아도 행복하지 않으니 하고 싶은 것이라도 마음껏 하며 살자는 것이다.

한 40대 여성이 70대 어머니와 함께 우리 병원을 찾아온 적이 있다. 공무원인 이 여성은 간절하게 성형수술을 하고 싶어 했고, 어머니는 극구 딸의 성형을 반대했다. 이미 예쁜데 왜 성형을 해야만 하냐는 것이었다. 아마 수술 중 잘못되는 것은 아닌지 우려가 됐던 것 같다. 객관적으로 보아 딸은 아주 예쁜 경우는 아니었지만 어머니의 눈에는 충분히 그렇게 보일만한 자격이 있었다. 처음에는 조금은 어머니의 눈치를 보는 것 같던 딸이 이런 이야기를 했다.

"내가 열아홉 어린 마음에 들떠서 즉흥적으로 성형을 하고 싶어 하는 것도 아니고, 성형 중독이 와서 매일매일 수술하고 거울만 보는 것도 아닌데…… 젊지도 않은 마흔의 나이에 지난 젊은 시간 마음에 남아 있는 것들 좀 해결하려고 성형을 결심했으면 이제는 엄마가 말릴 수준은 넘어선 것 아닌가요?"

딸은 살면서 간단한 시술조차 받아본 적이 없을 만큼 매우 보수적이고, 직업적으로나 사회적으로도 보수적인 환경에서 살고 있었다. 딸은 이 점을 어머니에게 충분히 설명했고, 이내 어머니는 수긍했다.

정신의학과에서는 스트레스를 다스리는 것이 매우 중요하다고 이야기한다. 가능한 스트레스가 쌓이지 않도록 그때그때 잘 풀어야 한다는 것이다. 외모 문제 중의 하나가 버킷리스트로 정리될 정도의 콤플렉스라면 이로 인한 스트레스도 심하게 받아왔을 가능성이 높다. 성형수술이 죽기 전에 꼭 해보고 싶을 만큼의 소원이라면, 굳이 그때까지 기다릴 필요가 있을까? 콤플렉스가 심한 스트레스로 돌변하지 않도록, 외모 버킷리스트가 있다면 버킷리스트로 남기지 말고 현실로 만들어보는 건 어떨까.

시한부 어머니의 마지막 선물

/

"제가 지금 입원 중이어서 잠시 외출 허가를 받고 나왔어요. 힘이 없어 목소리가 작아도 이해해주세요. 옷도 이렇게 대충 입고 오고……."
작고 왜소한 체격의 그녀는 보기에도 아파 보였다. 얼굴은 새까맣고 살이 하나도 없었다. 옆에 앉은 딸은 엄마의 그 말에 "필요 없는 말 좀 하지 마"라며 퉁명스럽게 내뱉고 있었다.
고등학교 3학년이라는 소영이는 돌출입이 심하고 치아가 맞지 않는 무턱이었다. 몇마디 나누지 않았는데 소영이는 엄마에 대한 원망을 늘어놓았다.
"내가 이렇게 이상하게 생긴 건 엄마 탓이에요. 엄마가 나를 이렇게 낳았으니까. 내가 얼굴 때문에 얼마나 속상한지 엄마는 알기나 해?"
딸이 그렇게 쏘아붙이며 원망을 해도 엄마는 아무 대꾸도 하지 않고 가만히 듣고 있었다. 내가 보기에도 소영이는 얼굴 때문에 스트레스를 받을 만했다. 심한 돌출입에 부정교합도 있었고, 비대칭 때문에 얼굴이 비뚤어 보였다. 그런데 내막을 알 수는 없었으나 소영이의 태도나 말투 등에서 학교생활에 적응하지 못하고 밖으로 나도는, 소위 말해 '불량청소년' 그룹에 속한다는 느낌을 지울 수 없었다.

딸아이가 잠시 입을 다물고 있자 그제야 어머니는 말을 꺼냈다.

"선생님. 우리 딸 수술하면 예뻐지겠죠?"

"네, 돌출입이나 부정교합, 무턱을 교정하고 나면 훨씬 달라지지요."

"선생님, 우리 딸 수술 좀 잘 해주세요. 아이 말처럼 절 닮는 바람에…… 선생님, 사실 저 간암 말기예요. 우리 딸 수술 잘 돼서 예뻐진 거 보고 가고 싶어요."

소영이 어머니의 말은 놀랍고 충격적이었다. 간암 말기라니, 나는 말을 잇지 못했다.

"이제 수능도 끝났고 3월이면 학교에 가야 하는데 지금 무조건 수술해야 돼. 나중에 딴소리 하지 말고, 오늘 다 결정하고 가! 수술 안 하면 진짜 나, 어떻게 할지 몰라!!"

아픈 엄마의 마음을 아는지 모르는지, 소영이는 계속 미간을 찌푸린 채 투덜대기만 했다. 같은 부모로서 마음이 좋지 않았다.

"내가 죽기 전에 우리 딸 성형만은 꼭 해주고 싶어요."

이렇게 비장한 말에 어떤 대꾸를 해줘야 하는지 솔직히 자신이 없었다.
"네. 어머니 마음은 너무나 잘 알겠습니다. 그런데 어머니, 필요한 수술이 간단한 수술이 아니에요. 큰 수술이에요."
"네…… 그래도 전 해주고 싶어요."
나는 필요한 수술과 과정, 경과 등에 대해 자세한 설명을 해드렸고, 모녀는 집으로 돌아갔다. 그리고 이틀 후, 이번에는 소영이가 아버지와 함께 다시 병원을 찾았다. 소영이는 어머니 앞에서와는 다르게 주눅이 잔뜩 들어 있었다. 아버지는 딸에게 화를 내며 몰아세웠다.
"얘가 정신이 없는 애 아닙니까? 엄마가 지금 오늘내일 하는데, 성형수술 타령이라니…… 내 자식이지만 정말 기가 막힙니다."
버럭버럭 소리까지 지르며 딸을 야단치던 아버지는 내게도 화를 내셨다.
"의사라면서 당신도 마찬가지요. 정신이 있소? 시한부인 엄마가 와서 이야기하는데 성형수술을 권하다니, 당신이 그러고도 의사입니까?"
소영이 어머니한테만이 아니라 아버지의 말씀에도 난 사실 대꾸할 말이 없었다. 어머니의 병 말고도 집안 사정이 복잡하다는 느낌을 가질 뿐이었다. 그래도 무슨 말이라도 해드려야 했다.
"네, 무슨 말씀인지 잘 알겠습니다. 그리고 이해합니다. 사실 아주 특수한 상황이지요. 어머니께서 원하셔서 설명을 드리긴 했지만, 정말

그런 얼굴로 낳고 싶어서 낳은 것도 아닌데, 죽어가는 자신의 가슴에 못을 박아대는 딸을, 그래도 엄마는 끝까지 끌어안았다.

죄송합니다. 의사 입장에서는 또 설명을 해드려야 해서…… 이해해주세요.”

울먹이는 얼굴로 소영이는 먼저 뛰쳐나갔고, 아버지는 혼잣말을 중얼거리며 진료실을 나갔다. 그리고 일주일 후, 소영이와 어머니가 다시 왔다. 어머니의 결론은 딸의 성형수술을 꼭 해주고 싶다는 것이었다.

“내가 죽기 전에 아이 얼굴이 바뀐 것을 보고 싶어요. 그리고 철없는 딸이 나를 탓하지 않고 행복했으면 좋겠어요. 아이 아빠가 선생님께 막말하고 무례하게 군 것, 정말 죄송해요.”

완강하던 남편의 마음을 어떻게 돌렸는지는 알 수 없다. 결국 3주 후쯤 소영이는 수술을 했다. 수술을 하고 나면 환자들은 일정한 시기마다 병원에 와서 경과를 지켜봐야 한다. 수술 후 일주일, 이주일, 그리고 4주 후에 병원에 와야 한다. 그런데 4주 때 소영이는 병원에 오지 못한다는 연락을 해왔다. 어머니가 돌아가셨기 때문이라고 했다. 그날 내내 마음이 좋지 않았다.

소영이가 대학생활을 잘 하고 있는지 가끔 궁금하다. 아버지와는 사이가 좋아졌을지, 그것도 궁금하다. 그런 얼굴로 낳고 싶어서 낳은 것도 아닌데, 죽어가는 자신의 가슴에 못을 박아대는 딸을, 그래도 엄마는 끝까지 끌어안았다. 소영이 어머니의 까만 얼굴, 그 간절한 눈빛이 아직도 잊히지 않는다.

모델이 되고 싶은 크루존증후군 아이

/

고등학교 3학년인 윤정이는 이미 4년 전인 중2 때 내가 수술한 환자였다. 윤정이는 특별전형으로 대학에 합격했다고 했다.

"이번에 특별전형으로 대학에 합격했어요. 입학하기 전에 수술을 할까 해서요. 우리 애가 피팅 모델이 되고 싶어 하거든요. 얼굴만 좀 더 나아지면 가능할 거 같아요. 몸매는 좋으니까요. 수술하면 좀 나아지겠죠?"

상담 내내 윤정이의 손을 꼭 잡고 있던 엄마는 간절한 눈빛과 달리 목소리는 힘찼다. 4년 전에도 그랬던 기억이 났다. 윤정이를 키우면서 겪어야 했던 아픔이 짐작되는데도 늘 그늘보다는 긍정의 기운이 느껴지는 분이었다.

윤정이는 얼굴 장애를 갖고 태어난 아이였다. 정확히 말하면 크루존증후군이었다. 크루존증후군은 2만 5000명 당 1명꼴로 나타나는 선천적 유전질환으로 두개골의 앞부분과 안면골의 윗부분, 즉 아래턱을 제외한 안면 부분이 성장되지 않아 얼굴 가운데 부분이 들어가 보이고 아래위 치아가 맞지 않는 부정교합을 보이며, 눈이 튀어나와 보이는 모습을 갖게 되는 얼굴기형이다.

"많이 좋아지긴 했지만, 누가 봐도 티가 나잖아요. 이제 성인이 되었고, 외모는 대인관계와 생활 전반에도 큰 영향을 미치니까 더 개선시켜주고 싶어요. 다행히 몇 년 사이에도 성형기술이 더 발달했다고 알고 있어요. 우리 아이, 좀 예쁘게 바꿔주세요. 선생님."

나 역시 자식을 키우는 부모로서 윤정이 어머니의 마음은 충분히 알 수 있었다.

"고맙게도 성격이 활달해요. 우리 윤정이, 매사에 적극적이고 문제라면 얼굴인데, 지금까진 그래도 괜찮았는데 앞으로 혹시나 외모 때문에 움츠러들까봐 걱정이에요. 그리고 본인이 하고 싶은 일을 할 수 있으면 더 좋을 거 같아서요."

마음이 무거웠다. 선천적인 기형으로 인한 문제를 수술로 해결해 건강과 기능적인 측면에서의 발전은 물론이고 미용적으로도 개선이 이뤄지도록 하는 것이 우리 성형외과 의사들의 역할이다. 하지만 우리 인생사의 모든 일이 그렇듯 성형 역시 가능 범위가 있다. 즉, 한계가 분명히 있다는 얘기다. 그런데 성형외과 의사로서의 어려움 중 가장 큰 것이 의학적인 판단과 결과가 환자의 기대치와 다를 때다. 그럴 경우에는 의사로서도 많이 안타깝고 속상하다. 특히 안면장애를 갖고 있는 경우에는 수술로 개선될 수 있는 한계가 있어 더욱 안타깝다.

"저도 자식 키우는 부모로서, 어머니 마음은 잘 알겠습니다. 그런데 제 입장에선 솔직히 말씀 드리는 게 맞다고 생각합니다. 제가 판단하기에 또 수술을 한다고 해도 크게 달라지지는 않을 거 같습니다."

선천적인 안면기형의 경우 여러 번 수술을 해도 정상적인 외모를 갖기는 어렵다. 그 사실을 정확하게 알려주는 것도 의사의 의무이다. 환자의 입장과 마음은 충분히 이해하지만 분명하게 존재하는 현실의 냉정함을 의사의 도리로서 말할 수밖에 없다고 생각했다.

잠시 침묵을 지키던 윤정이의 어머니가 입을 열었다.

"선생님 말씀은 우리 윤정이 같은 아이는 그냥 태어난 대로 살아야 한다는 것인가요? 오히려 선생님께서 왜 비관적으로 생각하세요? 이렇게 태어나고 싶어서 태어난 것도 아닌데 생긴 대로만 살아야 하나요? 저는 할 수 있는 데까지 해보고 싶어요. 조금이라도 달라질 수 있다면 해봐야지요."

그 말을 들으면서 미안하기도 하고 복잡한 심정이었다. 내가 중요한 무언가를 놓치고 있었다는 생각도 들고, 스스로 인지 못하지만 나 역시 정해져 있는 어떤 잣대에 수동적으로 따르고 있었다는 생각, 최소한 소극적이었다는 자각이 들었다. 어렸을 때부터 큰 수술을 세 번이나 하면서 어머니도 윤정이도 많이 지쳤을 것이다. 그런데 윤정이 어머니는 포기하지 않았다. 윤정이를 긍정적이고 씩씩한 아이로 키우면서 드러나지 못하고 가슴속에 응어리로 남았을 아픔들과 혼자 삼켜야만 했던 속울음을 무시할 수만은 없다는 생각이 점점 강해졌다. 결국 나는 성형으로 인한 변화가 미비하더라도 계속 노력하고 싶은 부모의 마음에 의학적인 판단만을 내세울 수는 없다는 결론을 냈다. 물론 윤정이의 현실과 의학적 한계는 분명 존재하며, 그에 대한 충분한 설명과 설득은 했고, 더 찬찬히 생각해보고 다시 내원해주실 것을 부탁드렸다.

이틀 후에 윤정이 어머니는 윤정이와 함께 다시 나를 찾아왔다.

"원장님 말씀을 충분히 알아들었고, 이해도 합니다. 하지만 저는 포기할 수 없어요. 해볼 수 있는 데까지는 해보고 싶어요. 여덟 번 수술한 아이도 있어요. 물론 우리 아이와 달리 워낙 심각한 아이였지만…… 수술해주세요. 원장님."

나는 나의 진단과 달리 조금이라도 다르게, 더 좋은 결과가 나오기를 바라면서 그 어느 때보다 최선을 다해 수술에 임했다.

우리는 살아가면서 스스로 다양한 편견을 만들어 자신을 묶어버리기도 하고, 사회와 타인이 만든 여러 편견으로부터 벗어나기 위해 치열한 노력을 하기도 한다. 어떤 노력은 성공하고 어떤 노력은 좌절된다. 하지만 더 나은 삶을 갈망하는 우리의 본능은 언제나 가동될 것이고, 가동되어야 한다.

성형외과에서도
심폐소생술을 한다

/

한 대기업 회장이 자택에서 심근경색으로 쓰러져 신문의 주요 헤드라인을 차지한 적이 있었다. 심지어 사망설까지 돌기도 한 그 회장을 살려낸 것은 심폐소생술이었다. 심폐소생술은 심정지가 발생한 후 수분 내에 해야 효과를 볼 수 있다. 심폐소생술을 가장 많이 하는 곳은 흉부외과나 심장내과이다. 성형외과는 이러한 흉부외과와는 분위기부터 다르다. 의식을 잃은 채 실려오는 환자나 비명소리도 없고, 살려달라고 울부짖는 보호자도 볼 수 없다. 그래서 '성형외과도 병원'이라는 생각을 잘 하지 않는다. 오히려 미용실이나 케어실에 더 가깝다고 느끼는 분들도 있다.

하지만 성형외과는 분명 병원이다. 물론 일반외과에서처럼 생명과 직접적인 연관이 있는 수술이나 응급상황은 없다. 그런데 '응급'하지 않다는 이유가 성형에 대한 판단 기준의 전부일 수는 없다. 내과적인 질병만이 그 사람의 삶을 뒤흔드는 영향력을 지닌 것은 아니기 때문이다.

성형외과에서도 심폐소생술을 한다. 성형외과에서도 죽으려던 환자를 살린다. 우리 인간은 먹고 자고 배설하는 1차적인 생존행위만으로 살아갈 수 없는 존재다. 오히려 현대사회로 올수록 그러한 기본 조건보다 다른 욕구들을 채우는 것이 더 중요해졌다. 인류가 모든 분야에서 진화하면서 삶의 질의 향상을 추구하려는 본능도 커졌기 때문이다. 단순히 먹고 사는 것만이 아니라 삶의 질이 '사느냐 죽느냐'에 더 많은 영향을 미치기도 한다.

내게 양악수술을 받은 분들 중에는 청소년기에 자신의 얼굴에 비관해 자살기도를 했던 경험이 있는 사람들이 의외로 많다. 그들은 위축되어 있고 어둡다. 나는 그들을 상담하면서 그들이 안간힘을 쓰고 있음을 느낀다. 그들은 '잘' 살아보기 위해 안간힘을 쓴다. 그 안간힘은 비난의 대상이 될 수 없다.

내가 병원을 처음 개원했을 무렵 찾아온 환자 가운데 '규호'라는 학생이 있다. 당시 대학교 2학년에 재학 중이었던 규호는 자신의 얼굴로는 앞으로의 삶이 평탄치 않을 것 같다고 했다. 그처럼 생각한 데는 그동안 살면서 외모 때문에 받은 불이익이 많았기 때문이었다. 규호는 고

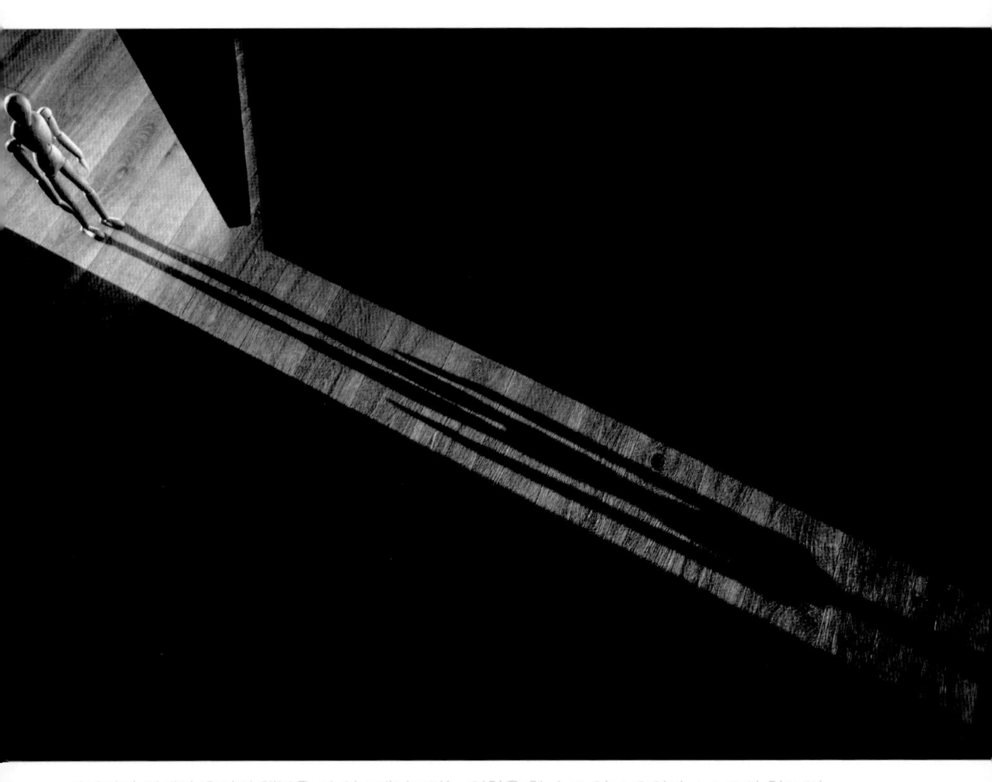

사람과의 관계가 우리의 행복을 더 업그레이드하는 역할을 할 수도 있고 오히려 스스로의 힘으로는 감당할 수도 벗어날 수도 없는 불행의 족쇄가 되기도 한다.

등학교 때 외모로 인한 왕따 때문에 자살을 시도했던 적이 있다. 다행히도 미수에 그친 후 부모님의 설득으로 어렵게 진학을 하고 마음을 돌려가고 있었다.

사람과의 관계가 우리의 행복을 더 업그레이드하는 역할을 할 수도 있고 오히려 스스로의 힘으로는 감당할 수도 벗어날 수도 없는 불행의 족쇄가 되기도 한다. 그러한 상태에서 벗어나고자 하는 욕구는 지극히 당연한 것이다. 수술 후 마지막 상담 때 규호가 말했다.

"사실 수술 전에는 부모님 때문에 내색 안 했지만 순간순간 자살 충동이 수시로 일었거든요. 하지만 한 번의 자살시도가 부모님께 어떤 고통이었는지 알게 된 이상 죽을 수도 없었어요. 제게 새로운 인생을 주셨으니 제 분야에서 훌륭한 사람이 되도록 노력하는 모습으로 이 은혜를 갚겠습니다."

감동해서 나는 울컥했다. 자신의 얼굴과 인상을 비관해 자살을 기도하는 것을 단순히 그 사람의 나약함과 철없는 태도만으로 치부할 수 있을까? 그들의 마음을 들여다본 나로서는 결코 그럴 수 없다. 특히 감수성이 예민한 청소년기에는 충분히 있을 수 있는 일이다.

물론 자살이 옳은 선택이라고 말하는 것은 결코 아니다. 그런 극단적인 생각을 하게 된 전체적인 배경을 봤으면 하는 것이다. 입시 스트레스로 인해 앞뒤가 꽉 막힌 숨 막히는 상황에서 과도하게 뿜어져나오는 호르몬은 이성적인 판단을 마비시킨다. 자살하려고 했다는 이야기를 어렵게 꺼내는 환자들을 보면 얼마나 스트레스가 심했으면 자살을 시도할 수 있었을까 하는 안타까움에 마음이 무거워진다. 사람들은 흔히 어려운 일을 마주하면 '죽고 싶다' 라고 하지만, 스스로 자신의 목숨을 끊는 것은 용기 차원이 아니라 엄청난 절망에서 기인된 것이다. 그런데 절망의 원인에 따라 그 사람이나 목숨을 끊으려 한 행위를 평가할 수는 없다. 절망의 원인이 외모 콤플렉스라는 이유로 비난할 수는 없다는 말이다. 어떤 이유에서건 인생을 포기할 정도의 절망이라면 본인에게는 엄청난 고통이었을 것이다. 자살 시도를 정당화하려는 의도가 아니다. 외모 콤플렉스가 누군가에게는 인생을 걸 정도로 심한 스트레스가 될 수 있다는 얘기를 하고 싶은 것이다.

과거와는 다른 가치관으로 움직이고 있는 현대사회에서는 성형외과에서도 생명을 되살리는 치료가 이뤄지고 있다. 우리 인간의 생존에 지대한 영향을 미치는 제2의 심장을 살리는 치료이다. 죽음의 어두운 기운 속에 살고 있는 이들이 삶의 영역으로 한 걸음 들어설 수 있도록 수술과 치료를 통해 용기와 자신감을 되살려내고 있는 것이다. 현대사회는 우리 인간이 단순히 의식주만으로 살아갈 수 없는 시스템이다. 다른 사람들과의 관계 속에서 끊임없이 의식적, 무의식적, 그리고 암시적, 명시적으로 평가를 받으면서 힘을 얻고 의미를 느끼기도 하고, 반대로 절망하며 사는 이유를 잃어버리기도 한다. 그러한 현대사회의 복잡한 메커니즘 속에서 자존감이라는 너무나 강력한 또 하나의 심장에 생명의 기운을 불어넣으려고 성형외과 의사들은 노력하고 있다. 성형외과에서 살려내는 제2의 심장은 바로 우리의 자존감이다.

수녀님도
예뻐지고 싶다

/

사람들을 처음으로 사석에서 만나게 되면 "내 얼굴 보고 성형수술 견적을 낼까 무섭다"는 말을 우스갯소리로 하곤 한다. 그러나 내가 성형외과 의사라는 직업 때문에 외모로 차별을 하거나 모든 사람을 내가 정한 미의 기준으로 판단할 것이라는 것은 편견이다. 나 자신은 적어도 사람을 볼 때 규정된 미의 기준이란 것을 갖고 있지 않다.

하지만 실제로 많은 사람들이 직업이나 사회적 지위로 인해 외모에 대한 선입관을 갖게 되는 경향이 있다. 변호사, 예술가, 공무원, 그리고 의료인, 선생님 등 다양한 직업에 대해서 사람들은 정해진 인식을 갖게 된다. 그러한 예 중의 하나가 성직자인 것 같다.

어느 날 진료실에 40대 정도의 검게 그을린 얼굴에 야윈 몸매의 여자분이 들어왔다. 얼핏 보기에 유행이 지난 남성용 셔츠를 입고 있는 듯

했다. 대화를 나누고 나서 왜 그렇게 유행이 지난 셔츠를 입고 있는지 알게 되었다. 환자 분은 아프리카에서 20년째 선교활동을 하고 있으며, 2년에 한 번 정도만 한국에 들어온다고 했다. 그 가운데 시간을 내서 병원을 방문한 것이었다. 평생 갖고 있던 외모 콤플렉스가 있는데 오랫동안 생각해보았지만 해결을 하고 싶으시다는 것이었다. 당장은 아니고 다음 휴가를 낼 때쯤으로 수술을 생각하고 있는데 먼저 진찰을 받고 싶다고 했다. 수녀 생활을 하고 있기 때문에 시간을 내기 어렵다는 말씀도 했다. 얼마 후에 예상보다 빨리 수녀님이 수술을 받기 위해 오셨다. 마음을 결정하고 나니 조금 빨리 받고 싶어지더라는 설명이었다. 수술을 마치고 충분히 쉬지 못하고 병원도 제대로 없는 아프리카로 돌아가야 하는 수녀님이 걱정되어 조금이라도 문제가 있으면 연락 달라고 말씀드렸는데 다행히도 문제가 있다는 소식은 듣지 못했다. 그 후 다시 뵙지는 못했지만 나는 수녀님께서 돌아가셔서 많은 사람들에게 봉사하는 삶을 이제까지 해오셨던 것처럼, 아니 더 잘하셨을 것이라고 생각한다.

성형수술은 자신이 가진 콤플렉스를 해소하기 위함이 가장 큰 목적이다. 그 콤플렉스로 인해 직접적인 피해를 받은 적이 없다 하더라도, 스스로 그것으로 인해 정신적 스트레스가 심하다면 개선하는 것이 생을 위해 바람직한 일이다. 봉사나 선교활동을 위해서도 이러한 정신적 스트레스의 해소는 필요하다. 수녀님은 화장이란 것을 제대로 해본 적이 없다고 하셨다. 성형수술을 한 수녀님이 매일 거울만 들여다보며 외모에 신경 쓸 것이라고 생각하지 않는다. 그런데도 처음 수녀님을 외래에서 보았을 때에 내가 조금은 당황했다면 아마 나마저도 갖고 있는 편견이나 선입관이었을 것이다.

웰에이징well-aging 시대

한 케이블 방송에서 방영된 〈꽃보다 할배〉는 황혼의 배낭여행이라는 독특한 콘셉트로 화제가 되었다. 여든을 바라보는 남자배우 넷이 함께 여러 나라를 '배낭여행'하며 겪는 에피소드를 담고 있는 이 프로그램은 '나이'가 결코 무엇인가를 하려는 시도를 막을 수 없다는 메시지를 우리에게 던져주었다.

성은 씨는 60대 초반의 잡지사 대표다. 실력이 뛰어난 것은 물론 성격도 외향적이고 매사 적극적이며 활발해서 주위 사람들과도 잘 어울리고 사회활동도 활발하다. 패션 감각과 세련된 옷차림으로 항상 주변의 칭찬과 부러움을 샀다. 남편의 사업도 안정적이고 대학에 다니는 딸도 있다. 남들 눈에 비춰진 성은 씨는 세상에 부러울 것 없는 커리어우먼이었다. 그런 성은 씨에게도 콤플렉스가 있었는데 그것은 유난히 돌출된 광대뼈와 돌출된 입이었다. 젊었을 때에는 그나마 얼굴에 살이 있어서 크게 두드러져 보이지 않았는데 나이가 들어가면서 볼살이 빠지니 광대와 입이 점점 더 두드러지게 보이는 듯하다고 했다. 성은 씨는 수술 스케줄을 잡기 위해 나와 마주하자마자 이렇게 말했다.

"저 실은 팔자 좋은 여자거든요. 그런데 딱 보시면 팔자 세게 생겼잖아요. 서울 토박이인데 촌스럽기 그지없이 생겼고요. 이 인상 때문에 위축되기도 해요. 이젠 겉모습도 제 실체도 모두 저 자체로 평가받고 싶어요. 아직 할 일도 많고 하고 싶은 것도 많거든요."

사실 성은 씨는 그 자리까지 오르는 동안 외모 때문에 억울한 일도 많이 당했다고 했다. 취재원에게 첫인상 때문에 문전박대를 당했던 적도 있었다고 했다.

하지만 성은 씨가 외모 콤플렉스로 스트레스를 받을 때면 남편은 그녀를 위로했다.

"당신이 너무 예민한 거 아냐? 난 당신 첫눈에 반했는데, 나 눈 양쪽 다 정상인 거 알지? 설마 그 사람들 눈이 문제 있겠어? 그냥 아무 의미 없는 말인데 당신이 지레 그렇게 생각하는 거 아니야? 스트레스 받지 마. 당신은 충분히 매력적이야."

남편의 그런 말은 따뜻한 위로가 되었고, 동시에 든든한 지원군이 되어 성은 씨가 사람들로부터 받는 은연중의 무시를 견뎌내며 자신의 일에 최선을 다할 수 있게 해주었다.

"그런데 가족하고만 살 수는 없는 일이잖아요. 또 직업의 특성상 아는 사람들과만 상대하고 살 수도 없고요. 그리고 무엇보다 이젠 제 자신이 외모 콤플렉스에서 벗어나고 싶어요. 어찌 보면 남들보다 제가 스스로 더 그렇게 느끼는 것 같아요. 그래서 남편 말처럼 제 발 저리는 도둑처럼 먼저 오해하고 예민하게 구는 부분도 있어요. 남들도 남들이지만 저 스스로 만족하고 싶어요. 그런데 제 나이도 있으니 더 이상 미루면 안 될 것 같아요. 남편도 아이들도 모두 동의했어요. 부디 저 좀 예쁘게 만들어주세요, 원장님."

성은 씨와 같은 중년의 환자들에게선 어려서부터 참아온 외모 콤플렉스를 적극적으로 해소하려는 의지를 많이 볼 수 있다. 자신이 젊었던 시절과는 달리 의술도 많이 발달했고, 나아가 성형수술에 대한 사회 인식도 변화하면서 용기를 내는 경우다.

그러한 용기의 기저에는 중년 스스로의 의식 변화도 한몫을 한다. 예전에는 '다 늙어서 무슨 성형수술을 해'라는 생각을 했었다면 이제는 '내 콤플렉스는 내가 적극적으로 해소하고 살아야 한다'는 생각과 더불어 '지금이 아니면 너무 늦어서 안 된다'라는 판단이 성형수술에 대한 결단으로 이어지는 것이다. 실제로 수술을 마친 성은 씨는 "이럴 줄 알았으면 진작 할 걸 그랬어요…… 그런데 한 번 해보니까, 이렇게 한 번에 몰아서 하지 말고, 간단한 것들을 틈틈이 해야 하겠네요"라며 웃음을 지었다.

예전 세대들은 늙어서 거동이 어려워지더라도 자식을 위해서라면 손자손녀를 끝까지 전담해 봐주는 것을 당연하게 여겼다. 그리고 평생 일군 재산 모두를 자식들에게 나눠준 뒤 남은 생애를 자식에게 의탁했다. 또 나이만 드는 것이 아니라 마음이 더 늙어 60을 넘어서면 외모에 대해 신경을 쓰는 것조차 기피했다. 그러나 요즘의 노년층은 그러한 사고방식에서 많이 달라져 오히려 새로운 인생을 시작하는 의미로 외모를 가꾸는 일에 관심을 쏟는다.

21세기가 시작되면서 성형외과를 찾는 노년층 환자가 급격히 늘어나고 있으며, 그 수는 해를 거듭할수록 더욱 늘어나는 추세다. 이처럼 노년의 성형 인구가 늘어나고 있는 이유는 노년층의 인식 변화에 기인한다. 성형수술을 원하는 이유도 '평생의 한을 풀기 위해서', '외모 콤플렉스 극복' 등을 비롯하여 '자녀 상견례', '원만한 대인관계 형성을 위해서' 등 다양하다. 결국 자신의 콤플렉스를 극복하고자 하는 욕구는 나이와 무관하며 어쩌면 경제적, 가정적으로 안정된 정년퇴직 이후가 가장 적절한 시기라고 인식하는 것이다.

그리고 노년층의 성형 환자들은 대부분 '아름다운 노년'에 대한 로망이 있다. 그동안 열심히 최선을 다해 살아왔으므로 앞으로 남은 인생도 아름답기를 바라며, 특히 시간적, 경제적 여유를 기반으로 아름다운 외모로 늙어가고 싶은 바람을 성형이라는 방법으로 적극적으로 이루려는 것이다.
중장년층에서의 성형수술은 외모 콤플렉스 극복의 이유도 있지만 대부분 사회생활을 원만하게 하기 위함이 저변에 깔려 있다. 그에 비해 노년층의 성형수술은 자기만족이 가장 높다고 할 수 있다. 이처럼 노년층의 성형은 그동안 가족들을 위한 헌신으로 억누르고 있었던 '여성성의 회복'이나 '자아 찾기'의 일환으로 받아들여져야 한다.

열심히 일한 당신,
예뻐져라?

/

성형외과는 수능 대목이면 바빠지는 곳 중 하나다. 수능 직후는 콤플렉스인 작은 눈이나 낮은 코, 각진 얼굴형 등을 개선하기 위해 성형을 받고 충분한 회복 기간을 가질 수 있는 시기로, 학창시절의 콤플렉스를 극복하고 새로운 예쁜 외모로 대학 새내기 생활을 즐기고 싶어하는 수험생들의 발걸음이 끊이지 않는다.

우리나라 대부분의 학생들은 학창시절 공부보다 외모에 신경 쓰면 부모님께, 선생님께 '학생이 공부는 안 하고'라는 핀잔을 듣기 일쑤다. 그 어떠한 것보다 수능이 우선시 되며, 사춘기에 겪는 외모 변화로 받는 스트레스조차 모두 '수능이 끝난 후 생각해보자'며 억압받는다. 때문에 학생들에게는 수능이 곧 인생의 고삐가 풀리는 순간이다. 외모를 개선하고 싶어 하는 어떠한 노력도 모두 수능이 끝난 후에나 가능하다. 그

보상 심리가 큰 환자들은 결과로 만족시키기가 어렵다. 눈이 높고, 기대가 너무 크고, 자신이 원하는 얼굴로 변하는 것이 너무 당연하기 때문이다.

러다 보니 '수능 때문에 오랫동안 고생했으니 이 정도는 당연히 해도 된다'는 보상심리에 빠지게 된다. 그중 하나가 성형인 것이다.

'열심히 공부했으니 성형을 해야 한다'며 부모님과 함께 성형외과에 찾아온 학생들은 몇 가지 특성을 보인다. 첫째는 매우 깐깐하다는 것이다. 수능 보듯이 성형에 대해서 공부를 해서 온다. 공부야 하기 싫을 수도 있지만 예뻐지는 공부는 동기부여가 되니 얼마나 열심히 했을까. 두 번째는 낙관적이라는 것이다. 수능 시험을 잘 봐서 좋은 점수를 받은 학생일수록 그러하다. 그들의 논리에 의하면 시험도 잘 보았고, 앞으로 좋은 대학에 갈 일만 남았기 때문에 성형도 당연히 잘 되어야 한다는 것이다. 마지막 한 가지는, 누구도 이들을 막을 수 없다는 것이다. 그들의 부모는 "수능이 끝나면 다 해줄게"라는 말로 수년간 그들이 하고 싶은 일들을 억압해왔다. 사정이 이렇다 보니 성형외과 의사인 내가 현실적인 부분을 이야기해도 귀에 잘 들어오지 않는다.

그렇다고 무조건 그들이 듣고 싶어 하는 말만을 해줄 수는 없는 노릇이다. 그렇기 때문에 상담을 받고 있는 수험생이 너무 기대가 커 보이면 이런 말로 기대감을 낮추기도 한다.

"당신이 대학에 들어가서 기대를 갖고 하는 많은 일에서 실패와 시행착오를 하게 될 것입니다. 그 이후에 사회에 나가서도 또 마찬가지일 거고요. 하지만 성형에서는 그렇게 되지 말아야 하지 않겠습니까? 처음에 너무 욕심을 부리면 완벽한 결과를 얻을 수 없습니다. 시간을 갖고 신중하게 생각해보시길 권해드립니다."

보상 심리가 큰 환자들은 결과로 만족시키기가 어렵다. 눈이 높고, 기대가 너무 크고, 자신이 원하는 얼굴로 변하는 것이 너무 당연하기 때문이다. 오랫동안 성형 상담과 수술을 해온 나조차도 난감할 때가 있다. 이미 20대 후반에 크게 성공한, 평소 남자들에게 고백도 많이 받아온 30대 초반의 회계사 한 분이 나를 찾아온 적이 있다. 그녀는 모든 면에서 완벽하고 싶었던 사람으로, 자신의 커리어에서 최고가 된 것처럼 외모 또한 누구에게도 뒤지지 않아야 한다고 생각하는 것 같았다. 그러나 자신이 서른이 넘은 후에는 자신에게 고백하던 남자들이 더 어리고 예쁜 20대 여성들에게 구애를 하고 더 이상 자신을 바라보지 않는 것이 화가 난다고 이야기했다. 20대에게 뒤지지 않는 얼굴로 만들어달라는 그녀의 요구는 사실 성형이 필요해서라기보다는 성공한 커리어우먼이라면 당연히 얼굴도 아름다워야 한다는 생각과 보상 심리가 크게 작용했기 때문이라 볼 수 있다.

PART
04
/
성형의
사회심리학

#성형은 럭셔리인가? #성형 권하는 사회 #성형의 사회심리학 #아름다움의 민주화
#트라우마에 반응하는 법 #이미지 이용하기 #선택 장애, 패키지 성형 #성형, 반칙인가?
#성형에 대한 디오니소스적 해석 #부모의 마음 #알지도 못하면서 #성형수술 수발드는 남자친구
#성형의 인류학 #성형의 새로운 발견들 #국경을 넘는 성형수술 #성형 VS 성형 산업

성형은 럭셔리인가?

성형수술이 부자들의 전유물이던 시절이 있었다. 불과 십수 년 전만 해도 성형수술은 외모가 중요한 영향을 미치는 사람들 사이에서 성행하던 것이었다. 요즘은 사회적으로도 성형수술에 대해 비교적 관대한 분위기이다. 단순히 외모 콤플렉스를 극복하기 위한 것을 넘어 더 나은 외모를 얻기 위해 성형수술을 받기도 한다. 예비 대학생들이 엄마 손을 잡고 성형외과 상담을 받으러 오기도 하고, 취업 전 호감이 가는 외모가 되기 위해 성형수술을 받기도 한다. 체감상으로도 시간이 흐르면 흐를수록 상담을 받으러 오는 환자들의 사연이 점점 더 다양해지고 있다. 그렇다면 성형수술은 럭셔리 소비라고 할 수 있을까? 그럴 수도 있고, 아닐 수도 있다. 성형수술을 받는 목적이나 수술을 받는 사람이 처한 상황에 따라 다르게 보아야 할 것이다.

성형수술은 럭셔리 소비라고 할 수 있을까? 그럴 수도 있고, 아닐 수도 있다. 성형수술을 받는 목적이나 수술을 받는 사람이 처한 상황에 따라 다르게 보아야 할 것이다.

우리나라 성형외과들은 서울, 그중에서도 강남에 집중되어 있다. 럭셔리를 대표하는 청담동을 비롯해 강남 일대를 두고 '성형수술 1번지'라 부르기도 한다. 성형외과의 화려하고 고급스러운 건물들은 간판을 보지 않으면 부티크boutique 매장과 다를 바 없을 정도다. 수시로 해외여행을 다니고 명품 백을 수집하던 사람들이 이제는 명품을 구입하던 돈으로 안면윤곽수술을 받는다. 이들에게 성형수술은 자신을 더 아름답게 가꾸기 위한 자기만족의 수단이며, 남보다 우월해지고 싶은 욕망의 표현일 것이다. 이 관점에서 볼 때 성형수술이 럭셔리의 속성을 지니고 있다고 본다.

그러나 모든 사람이 럭셔리해지기 위해 성형을 받는 것은 아니다. 병원을 찾는 사람들 중에는 지금보다 더 예뻐지고 싶어 하는 사람들도 많지만, 지금의 외모가 생활환경에 부정적인 영향을 주기 때문에 성형을 결심한 경우도 많다. 이들은 남들보다 뒤떨어지거나 부족하다 여기는 외모 때문에 생긴 콤플렉스를 극복하고자 성형을 한다. 매우 오랜 시간 동안 성형수술을 고민해왔으며, 오랫동안 모아둔 적금을 깨거나 쇼핑을 포기하고 성형을 받는다. 이들에게 성형수술은 자기만족의 수단이기보다는 외모로 인한 아픔을 극복하기 위한 힐링Healing의 과정이라 볼 수 있다. 이 관점에서 볼 때 성형수술은 럭셔리하기보다는 정신적인 생활필수품에 가깝다. 혹자는 성형을 하는 과정을 자신의 머

릿속에서 자라나는 '자기 부정'이라는 종양을 제거하는 '정신적 종양의 제거'라 비유하기도 한다.

나는 이 두 가지 관점의 성형에 각각 '럭셔리성형'과 '생존성형'이라는 이름을 붙여 보았다. 이미 아름다운 사람도 더 아름다워지기 위해 성형을 할 수 있고, 외모 콤플렉스를 극복하기 위해 성형을 할 수도 있다. 그러나 성형의 목적이 무엇이든, 수술을 받는 사람은 누구나 공통적으로 바라는 것이 있다. 바로 아름다워진 외모를 계기로 달라진 삶이다.

일찍이 서양에서 시작된 성형은 노년층의 '노화성형'에서 시작했다. 서양에서는 은퇴를 한 부부가 연금으로 자신의 주름살을 줄이고 처진 눈을 올리는 수술을 한 후 함께 여행을 한다는 말이 있을 정도다. 이와 같은 노화 성형은 서양에서 가장 많이 이루어지는 것으로, 일종의 럭셔리성형이라 할 수 있다. 반면에 한국에서는 취업을 위해 성형수술을 하는 경우가 많은데, 이러한 도구적 성형을 생존성형이라 할 수 있다. 물론 서양에도 생존성형이 있고 동양에서도 럭셔리성형이 많이 이루어진다. 서양의 유명 백업 댄서들은 무대에서 더 섹시한 느낌을 연출하기 위해 가슴성형이나 힙업성형 등의 체형 성형을 받는 경우가 있는데, 이는 일종의 생존성형으로 볼 수 있다. 한국에서는 보다 작고 갸름한 얼굴이 되고자 얼굴뼈성형을 받는 사람들을 쉽게 볼 수 있는데 이는 럭셔리성형으로 보아야 할 것이다.

성형 권하는 사회

/

외모가 중요해지는 사회 분위기가 형성되면서 성형외과가 질타의 대상이 되곤 한다. 더 나은 외모를 얻고 싶은 개인과 부를 축적하고 싶은 성형외과 의사들의 이해관계가 서로 만나 성형을 더욱 부추기고 조장한다는 것이다.

과연 성형외과 의사들이 성형을 조장하는 것일까? 상담을 받으러 오는 환자들 중에는 성형이 필요 없을 정도로 이미 충분히 아름다운 경우도 종종 있다. 그러나 그들 역시 외모로 인해 상처받은 사연을 이야기하며 상담 중 눈물을 보이기도 한다. 다 좋은데 조금 아쉬운 눈 때문에, 다 좋은데 조금 낮은 코 때문에 "왜 너는 성형 안 해?"라는 질문을 수시로 받는 통에 자신감을 잃은 환자들도 쉽게 만날 수 있다. 답답해 보이는 인상 때문에 면접에서 떨어진 사연, 찢어진 눈 때문에 유학 중 인종 차별을 당한 사연 등 환자들의 다양한 고민을 듣다 보면 결국 이들이 상처를 받는 이유는 '주변 사람들의 외모 평가'라는 결론으로 귀결된다.

우리나라는 개개인의 외모를 매우 중요하게 여긴다. 취업만 하더라도 그렇다. 이력서에도 반드시 사진을 첨부해야 하고, 첫인상이 취업 당락에 큰 영향을 미친다. 이력서에 붙일 증명사진 역시 그대로의 모습을 담은 사진이 아닌, 얼굴이 예쁘게 나오는 각도를 포착해 찍은 후 포토샵으로 최대한 아름답게 보정한 사진을 사용한다. 그렇게 하지 않으면 외모로 인해 자신의 능력과 잠재력을 평가받을 기회를 놓치게 되기 때문이다. 외국에서는 이력서에 사진을 붙이지 않는다는 것을 아는 사람이 과연 몇이나 있을까? 외국에서는 오히려 이력서에 사진을 요구한다면 외모나 인종에 대한 차별이라며 강한 비난을 받을 것이다.

성형외과 의사들이 자신의 이익을 위해 성형을 조장한다는 것은 이처럼 사회적 현상의 표면만을 보고 내린 섣부른 판단이다. 성형을 받는 사람들은 '외모지상주의'라는 사회적 분위기에 의해 마음의 상처를 받아왔으며 그 상처를 극복하기 위해 성형외과를 찾는 것이다. 과연 성형을 조장하는 것은 누구일까.

성형의 사회심리학

한자에서 사람을 뜻하는 '사람 인人'자는 두 사람이 서로 기대어 있는 모습을 형상화한 것이다. 문자라는 것이 나타나기 시작한 고대 문명에서조차 사람은 서로 상호활동을 하며 살아감을 보여준다.

이렇게 사람은 혼자서는 살아갈 수 없기에, 태어나는 순간부터 '사회화'라는 과정을 거친다. 태어나서 부모의 얼굴을 처음 마주하고, 웃고 울고 밥을 먹고 말을 하는 모든 과정이 사회화의 산물이다. 웃을 때는 입꼬리를 올리고 화낼 때는 눈꼬리가 위로 올라가는 것조차도 사람들 사이에 약속된 신호의 일부이다.

그러다 보니 개인의 모든 행동은 사회화의 영향을 받는다. 다른 사람에게 피해를 주지 말아야 한다거나 범죄가 나쁜 행동이라는 점까지도 모두 사회를 통해 교육받는다. 총기 난사와 같은 잔인한 범죄를 두고 개인의 잘못이 아니라 소외된 자를 보살피지 못한 사회의 탓이라 이야기하는 것도 이러한 인식의 확장이라 볼 수 있다.

한 사회의 사람들이 즐겨 먹는 음식, 추구하는 스타일 등의 문화도 사회화의 일환이다. 어떤 나라는 개개인의 개성을 중시하고, 어떤 나라는 집단의 감성을 중시하는 것도 모두 그 사회가 이상적인 것이라 여기는 사회화의 과정을 거친 것이다. 대만인들은 '빈랑'이라는 열매를 오랫동안 씹는 습관이 있는데, 이 습관이 식도암을 유발한다는 연구 결과가 있음에도 불구하고 그 습관을 버리지 못하고 여전히 빈랑을 씹는 행위를 지속한다. 이미 그렇게 사회화되었기 때문이다.

우리나라는 경쟁이 심하다 보니 외모에 대한 관심과 경쟁도 심한 편이다. 얼굴의 단점을 커버하는 메이크업 기술이 셀 수 없을 만큼 다양하게 발달해왔으며, 고가의 피부과 시술을 받거나 성형수술을 받는 것도 마다하지 않는다. 이는 특정 한두 사람이 유별나게 외모에 관심이 많아서 생긴 현상이 아니라, 사회적으로 더 나은 외모를 선호하는 한국의 문화에 의해 사회화된 결과이다.

과연 무인도에서 혼자 살아가는 사람이라도 화장이나 성형을 할까? 사람이 아닌 정글 사회에서 사회화된 늑대소년이라면 어떨까? 그들은 애초에 미美의 기준부터 보통의 사회 안에서 제대로 사회화되지 않았기 때문에 어떤 얼굴이 아름다운지에 대한 기준이 보통 사람들과는 다를 것이다. 어쩌면 무인도나 정글에서 접하며 살아온 표범이나 사자의 모습이 아름답다 여길지도 모르는 일이다.

그러나 한 사회에 귀속되어 살아가는 개인은 끊임없이 나와는 다른 누군가의 모습을 보며 살아간다. 그렇기 때문에 늘 자신을 타인과 비교하고, 자신에게 없는 타인의 장점을 부러워하며 그를 닮고 싶어 하는 것을 넘어 그보다 더 우월하기를 바라기도 한다.

나라마다 문화가 다른 만큼 한 가지 주제에 대해 사회가 보이는 반응에도 정도의 차이가 있다. 우리나라에서는 사회적으로 지탄을 받는 마약이나 일부다처제와 같은 행위들이 다른 나라에서는 용인되기도 한다. 문화적으로 그러한 행위들을 묵인할 만한 배경이 있기 때문이다.

성형에 대한 인식 역시 마찬가지일 것이다. 우리나라는 성형에 꽤 관대할 뿐만 아니라 적극적이기도 하다. 국제미용성형수술협회(ISAPS)의 통계에 따르면 우리나라는 인구 1천 명당 성형수술 건수가 가장 높으며, 세계 성형 시장의 4분의 1에 이르는 규모를 차지하는 대규모의 시장이다. 사회적으로 성형수술에 대한 심리적 장벽이 낮으며, 쌍꺼풀이 없어 작아 보이는 눈이 콤플렉스인 고등학생부터 늘어나는 주름이 고민인 중년까지도 성형수술을 고민 해결의 여러 방법 중 하나로 염두에 두기도 한다.

성형수술은 단순하게 예뻐지고 싶은 개인의 선택이기보다는 예뻐지기 위한 개인의 욕망과 이에 공감하는 사회적 분위기가 만나 생겨난 사회화의 과정 중 하나이다. 아름다움을 선호하는 사회적 분위기가 개개인의 삶에 깊게 영향력을 미치게 되면서 성형수술의 트렌드도 변화하고 있으며, 성형수술도 사회의 분위기와 맞물려 끊임없는 사회화의 과정을 겪고 있다.

사람들은 보통 자신만의 시각으로 사회 현상을 해석하곤 한다. 특히 한 분야의 전문가는 자신에게 가장 익숙한 분야를 통해 사회를 바라보기 마련이다. 요리연구가는 요리의 변천사를 통해 사회의 변화를 읽는다. 국어학자는 언어의 변화를 통해 역사의 흐름을 읽어낸다. 가수나 작곡가는 노래를 통해 세상을 이해해간다.

나는 성형외과 의사로서 '아름다움'이라는 가치를 통해 바라본 사회와 개인에 대해 이야기하고자 한다. 그저 외모를 바꿔주는 것이 아닌, 변한 외모를 통해 한 사람 한 사람에게 행복을 주고 싶은 것이 나의 진심이다.

아름다움의 민주화

카페에서 우연히 어떤 여대생들의 대화를 듣게 된 적이 있다. 그들은 늘 용돈이 부족하다며 귀여운 투정을 부리던 중이었다. 그러다 한 학생의 한마디가 유독 귓가에 가깝게 들려왔다.

"내가 재벌 2세면 머리끝부터 발끝까지 다 고칠 텐데……."

앞에 어떤 대화가 있었는지 모르기 때문에 정확한 의미를 알 수는 없었지만, 문득 우리나라 재벌들 중 성형으로 주목받았던 사람이 있었는지 떠올려보았다. 내가 아는 선에서는 바로 생각나질 않았다. 유명 기업인, 정치인들을 떠올려보아도 그렇다. 티 나지 않는 정도에서 어느 정도의 외모 관리는 받겠지만, 대부분의 상류층들은 의외로 성형과의 연관성이 적은 편이다. 경제적으로 여유가 있는 사람들은 그렇지 않은 사람들에 비해 성형을 많이 받을 것이라는 것이 일반적인 견해인데,

오히려 상류층은 성형을 많이 하지 않는다는 점이 흥미롭다.

상류층이 성형을 많이 하지 않는 이유는 생각보다 간단하다. 그럴 필요가 없기 때문이다. 그들은 아름다운 외모를 갖추고 있지 않아도 늘 그들과 인맥을 다지고 싶은 사람들 사이에 둘러싸여 호의와 칭찬을 듣고 살아간다. 설령 외모가 조금 아쉽더라도 이미 부와 명예가 부족한 외모를 커버하는 것이다.

혹자들은 부를 가진 사람만이 성형을 통해 아름다움을 소유하기 때문에 이것이 자본주의적 불평등을 심화시킨다고 한다. 그런 면에서 성형의 경제적 특수성에 대해서 한번 생각해보았다.

성형은 일반 소비재와는 달리 평생에 걸쳐 단 한 번만 구매가 가능한 특수한 소비다. 여러 벌의 옷을 가질 수 있고 여러 종류의 자동차를 소유할 수도 있지만 성형은 다르다. 예를 들어 코가 마음이 들지 않아서 재수술을 받을지언정, 여러 가지 코 모양을 동시에 가질 수는 없다. 이는 경제적으로 풍요한 층에게도 마찬가지다. 지구상에 존재하는 모든 돈을 가지고 있다 한들 성형으로 여러 가지의 다른 얼굴을 동시에 가질 수는 없다.

그러다 보니 부의 편중이 생긴 사회에서는 오히려 성형에 대한 구매력이 떨어지는 편이다. 사회의 총 재화가 1천만 원이라고 하고 성형이 1백만 원에 가능하다고 가정해보자. 5백만 원을 가진 1명과 50만 원을 가진 10명이 존재하는 사회에서는 1명만 성형이나 미용에 비용을 지불하는 것이 가능한 데 비해, 1백만 원을 가진 10명이 있는 사회에서는 10명 모두 이러한 소비가 가능하다는 것이다.

소득이 너무 낮으면 성형을 하고 싶어도 경제적인 여력이 없어 불가능하다. 하지만 경제적인 여력이 있어도 성형은 단 한 번만 가능한 데다 이들은 이미 다른 요소로 충분히 자존감을 채운 상태이기 때문에 필요성 역시 느끼지 못한다. 그러다 보니 성형을 하는 사람들을 분석해 보면 대체로 어느 정도 경제력이 뒷받침되면서 외모를 개선해 자신의 지위를 한 단계 업그레이드하고 싶은 중산층들이 주를 이룬다. 적당히 부유하기 때문에 성형수술에 드는 비용을 감당할 수 있고, 돈과 지위, 명예 중 자신에게 부족한 무언가를 외모로 채움으로써 더 나은 단계의 삶에 한 걸음 더 가까워질 수 있다고 믿기 때문이다.

과거의 유럽을 생각해보면 성형이나 미용이 일부 특권층만의 전유물이었던 시기가 있었다. 이때에는 사회의 총 재화가 귀족과 왕족에 편중되어 있었다. 이에 비해서 최근의 중국을 한번 생각해보자. 많은 사람들이 경제적으로 여유가 생기면서 자신을 위한 소비의 비중이 늘어나고 있다. 중국이 세계 명품 시장의 큰손인 것은 모두가 잘 아는 사실이다. 반대로 이미 성장이 끝난 사회는 사회의 역동성이 낮다. 현재의 사회적 위치에 만족하고 그 대신 다른 방법으로 자신만의 만족을 찾으려고 하다 보니 외모에 대한 욕구가 적다고 할 수 있다.

상황이 이러하다 보니 이미 성장이 고착화된 선진국보다는 중산층이 급격하게 증가하는 신흥개발국에서 성형수술이 더욱 넓게 확산되고 있다. 최근에 '콘데나스트 럭셔리 컨퍼런스'를 취재하러 왔던 영국의 저널리스트와 대담을 한 적이 있다. 이들 역시 한국의 성형이 세계 최고라고 생각하지만, 영국 사람들은 한국에 비해서 성형에 대한 요구를 사회적으로 덜 느낀다고 생각하고 있었다. 놀라운 사실은 유럽에서 상대적으로 발달이 뒤처져 있는 헝가리와 불가리아에서 성형이 매우 활발하다는 것이다.

세계적으로 한국의 성형은 독보적이다. 세계에서 가장 성형수술을 많이 하는 나라라는 통계가 여러 번 인용되었다. 성형 기술이 발달하고 한류의 영향이 커지면서 동남아에서 성형수술을 계획 중인 사람들이 서울을 방문하기도 한다. 하지만 이 모든 현상이 한국의 성형외과 의사가 유난히도 유능하고 기술이 좋아서일까?

세계에서 현재 인구 1만 명당 가장 성형수술을 많이 하는 나라로는 그리스, 브라질, 콜롬비아, 멕시코, 루마니아, 터키 등을 들 수 있다. 소득이 높은 선진국인 영국, 캐나다, 호주, 프랑스 등은 오히려 순위에서 뒤처진다. 이것은 사회적 변화가 많고, 신분상승을 원하는 사람이 많은 다이내믹한 사회는 성형수술을 많이 하고, 사회 계급 간의 변화가 적고 안정적인 사회는 성형수술의 필요성이 낮다는 것을 보여주고 있다.

우리나라 역시 최근 소득 증대로 인해 중산층이 증가하고 이들의 사회적 변화 욕구가 커지면서 성형수술을 받는 사람들이 늘어나고 성형기술이 발전하게 되었다. 최근 중국의 중산층이 증가하면서 우리의 뒤를 따르는 현상을 보아도 쉽게 이해할 수 있다. 정부에서 한때 한류와 함께 발달된 성형 기술을 수출하겠다는 의지를 밝힌 적이 있는데 이러한 현상을 잘 관찰해본다면 어느 나라에 의료 한류를 수출해야 할지 알 수 있을 것이다.

트라우마에
반응하는 법

다리의 흉터 때문에 평생 치마를 입지 않는 여성이 있다. 사고로 얻은 얼굴의 흉터 때문에 사회적인 직업을 아예 포기하고 은둔을 하는 사람도 있다. 외모 콤플렉스는 어떤 이에게는 트라우마로 작용하기도 한다. '정신적 외상外傷'이라는 뜻의 트라우마는 일시적으로는 정신적인 마비를 일으키고 내면의 육중한 슬픔과 무기력감을 이끌어낸다. 돌이켜 생각해보아도 가슴 아래로부터 진하게 눈물이 차오르며 북받치는 느낌이 바로 트라우마다.

요즘처럼 외모가 하나의 스펙이 되는 시대에는 외모도 당연히 트라우마의 원인이 될 수 있다. 어린 시절 눈이 작거나 코가 낮아서, 혹은 얼굴이 커서 놀림을 받은 사람이라면 외모 콤플렉스가 있을 확률이 높다. 일방적으로 '못생겼다'는 놀림을 받은 사람은 더욱 그렇다. 이 경우에는 단순한 외모 콤플렉스를 넘어 외모 트라우마를 얻게 되고, 심리적으로 위축되고 자존감이 크게 낮아지기도 한다.

사람들이 외모로 인한 트라우마에 반응하는 방법은 모두 다르다. 머리로는 외모의 단점을 인정하지만 남들의 기준에 따라 행동하지는 않는 '수용 축적형'은 트라우마에 반응하는 매우 대표적인 유형이라 볼 수 있다. 이들은 외모 콤플렉스로 인해 꾸준하게 마음의 상처를 받아왔으며, 이것을 차곡차곡 쌓아가는 유형이다. 그렇다고 그것을 곧바로 수용하여 따라가거나, 반대하지도 않는다. 소극적으로 받아들이고 소극적으로 준비하고 있다고 할 수 있다. 예를 들어 어렸을 때 휘어진 다리 때문에 놀림을 당한 적이 있는 아이가 커서도 평생 치마를 입지 않고 바지만 입고 사는 경우 같은 것이다. 본인에게 다리 모양이 그렇게 문제가 심한 것이 아니니 치마를 입어도 된다고 말해도 듣지 않는다. 치마를 입으려면 그때의 상황이 기억나곤 해서 곧바로 용기를 꺾어버리게 된다. 이런 부류는 기회와 상황에 따라 얼마든지 성형수술로 외모를 개선할 용의가 있는 사람들이기도 하다.

두 번째 유형은 '수용 반응형'이다. 일단 문제가 된다고 인정을 하고 이것을 보완하려는 노력을 하는 부류이다. 처음에는 메이크업 등으로 보완하려 한다. 작은 눈을 커버하기 위해 눈 성형을 하거나 짙은 스모키 메이크업을 하는 사람들을 이 유형에 속한다 볼 수 있다. 노력의 결과가 나오면 기뻐하고 반응이 좋지 않으면 실망한다. 성형으로 자신의 콤플렉스를 적극적으로 극복하려고 노력하는 경우도 있다.

아름다움이 모두 덧없는 것이라 주장하는 '초탈형'은 외모에 대한 사람들의 어떠한 의견에도 관심이 없다. 마치 평화를 이룩하기 위해 싸우지만 폭력으로 이룬 평화에 덧없음을 느끼고 세상을 등진 영화 〈와호장룡〉의 영웅들처럼, 아름다워지기 위해 갖은 노력을 다하는 것에 덧없음을 느끼고 관심을 끊어버리는 사람들이 이 유형에 속한다. 이 유형의 사람들은 외모를 꾸미는 것 자체에 관심이 없는 편에 가깝다.

수용형과 반대 지점의 유형이 바로 외모에 대한 모든 것에 마음을 닫는 '반발형'이다. 이 유형은 외모로 사람이 트라우마를 받는 이러한 상황에 대해서 모순을 느끼고 이것이 상업주의와 외모지상주의의 부작용이라고 생각한다. 따라서 이러한 식으로 문제를 일으키는 아름다움이라는 인식이 바뀌어야 한다고 생각하고, 이를 이론화해 자신에게 주어진 트라우마를 거부하고 적극적으로 본인이 생각하는 삶을 실천하는 유형이다.

외모 트라우마가 있는 사람들을 보면 성형외과 의사로서 안타까움이 들 때가 있다. 그래도 수용형인 사람들은 어느 정도 문제를 받아들이고 자신의 트라우마를 극복하기 위한 노력을 기울이는 편이다. 그러나 반발형 사람들은 자신의 트라우마에 대한 방어기제로 외모 가꾸기를 비판하거나 덧없는 일이라 주장하는 경우가 있다. 어쩌면 그만큼 마음속에 상처가 깊다는 해석도 가능하다.

상담 중 너무 기대가 가득한 환자에게 '기대가 크면 실망도 크다'는 말로 기대감을 눌러줄 때가 있다. 예뻐지고 싶은 마음이야 모두 같겠지만, 예뻐진다고 지금의 모든 문제가 해결되지는 않는다. 예뻐진 후에 트라우마를 입힌 상대방에게 복수하겠다는 사람들도 많이 있다. 바람난 남편이 무릎을 꿇고 빌게 하겠다는 복수도 있고, 자신을 탈락시킨 면접관을 찾아가 다시 면접을 보겠다는 사람도 있다. 하지만 복수라는 것은 모두 덧없지 않을까? 복수에 연연한다는 것 자체가 트라우마에서 벗어나지 못하고 있다는 것은 아닐까?

외모 트라우마에 대한 방어기제로 어떤 유형의 반응을 선택하든, 이를 통해 트라우마를 최소화할 수 있다면 그것이 정답일 수 있다. 이렇게 자신에게 가장 잘 맞는 방어기제를 내면화하는 데 성공한다면 외모로 인한 트라우마를 극복하는 데 도움이 될 수 있을 것이라 나 또한 작은 기대를 걸어본다.

이미지 이용하기

'세련된 얼굴', '따뜻해 보이는 얼굴', '카리스마 있는 얼굴' 등 각각의 인상에 정형화된 얼굴이 있다. 전체적으로 동글동글한 얼굴형에 눈매가 아래로 처진 얼굴은 선해 보이는 경향이 있고, 눈초리가 위로 올라가 있거나 얼굴선이 깎은 듯한 느낌이 드는 얼굴은 다소 차가워 보이거나 카리스마 있는 얼굴로 보이는 편이다. 이러한 속성을 가장 잘 활용하는 곳이 바로 광고업계다. 특정 브랜드가 추구하는 이미지를 가진 모델을 활용해 그 브랜드에서 가장 강조하고 싶은 이미지를 극대화한다. 샤넬의 광고 모델은 샤넬이 추구하는 럭셔리한 이미지로, 게스의 모델은 게스가 추구하는 반항적인 이미지로 모델을 기용해 각 브랜드의 이미지를 견고하게 하는 데 성공했다. 모델의 이미지에서 느낄 수 있는 속성을 제품의 속성과 동일시함으로써 상업적인 이용이 가능하기 때문이다.

광고비 거품을 빼고 제품의 가격을 낮추었던 화장품 로드숍 브랜드들이 소위 '싸구려'라는 이미지를 벗기 위해 유명 모델을 기용하는 추세로 바뀌어간 것은 이러한 분위기를 잘 보여준다. 최초로 '저가형 로드숍'이라는 개념을 만들어낸 한 화장품 브랜드는 추후 김혜수라는 최고의 모델을 통해 자신 있게 품질을 보증할 수 있는 브랜드로 탈바꿈하는 데 성공했다. 근래에는 여성들의 전유물이었던 화장품 광고나 주방용품 광고에 꽃미남 스타들이 자주 등장하기도 한다. 꽃미남 스타들이 CF를 통해 여성들이 듣고 싶어 하는 말을 직접 하게 함으로써 그 제품을 이용할 때 꽃미남 스타들의 응원을 받는 듯한 느낌을 줄 수 있기 때문이다. 비록 모델의 이미지와 제품의 속성이 무관하다는 것을 알지만, 소비자들은 유명 모델 OOO가 광고한 제품이라는 이유만으로도 그 제품에 대해 잘 모르더라도 호감을 가지는 편이다.

최근에 한 걸그룹 멤버의 역사의식과 말투가 문제된 적이 있다. 사진만 보아서는 매우 우아하고 매력적인데 막상 대화를 해보니 이미지와 다소 차이가 있어서 실망스러웠던 모양이다. CF 스타 중에서도 실제로 드라마에 나와서, 그리고 토크쇼에 나와서 좋았던 이미지를 망치는 일이 생기기도 한다. '그냥 CF에만 나왔으면 실망하지 않고 더 많은 CF를 찍을 수 있었을 텐데' 하고 아쉬워하기도 한다. 우아한 외모와 고상한 목소리의 배우는 그 개인의 우아한 이미지로 인해 그러한 분위기의 역할을 많이 맡게 된다. 그 배우가 실제로도 우아하고 고상한 성격인지, 화통하고 시원스러운 성격인지는 알 수 없지만 말이다. 이는 곧 이미지가 그 사람이 가진 콘텐츠를 포장한 사례로 볼 수 있다. 일상생활에서도 이런 예는 많다. 첫인상과 대화를 해보았을 때 이미지가 다르다는 것이다.

많은 사람들이 예뻐지기를 바라며 성형외과를 찾아오지만, 막상 나를 찾아온 환자들과 이야기를 나누다 보면 단순히 예뻐지는 것을 넘어선 무언가를 기대하고 있음을 느낄 수 있다. 자신의 이미지를 바꾸어달라는 것이다. 어떤 경우에는 자신의 내면의 모습과 외면이 일치하지 않아서 그것을 일치하도록 바꾸어달라는 경우도 있고, 내면과 외면이 일치하지만 이를 다른 모습으로 포장하고 싶어서 바꾸어달라고 하는 경우도 있다. 예를 들어 어떤 사람은 세 보이는 인상이 싫어서 성형을 하려 한다. 원래 성격은 그렇지 않은데 인상이 너무 세다 보니 사람들에게 오해를 많이 받는다는 것이다. 반대로 어떤 사람들은 소극적인 성격과 이에 맞는 밋밋한 얼굴이 싫어서 성형을 하려 한다. 사람들을 자주 만나야 하는 직업인데 평범한 외모 때문에 사람들에게 존재감이 없는 것이 콤플렉스라는 것이다. 이들은 단순히 예쁘다, 아니다를 떠나 자신이 원하는 이미지를 나타내는 얼굴, 혹은 자신이 필요로 하는 인상으로 바꾸고 싶어 한다. 센 인상이 고민이면 눈꼬리의 각도를 낮추고 얼굴형을 갸름하게 해 부드러운 이미지를 만들고 싶어 하고, 밋밋한 인상이 고민이면 이목구비를 큼직큼직하게 해 세련되고 강렬한 이미지로 변하고 싶어 한다.

외모가 그 사람의 성격을 대변하는 것은 아니지만, 그 사람이 타인에게 어떤 성격으로 비춰지는지는 충분히 가늠해볼 수 있다. 타인의 눈에 비친 내 모습이 살아가는 데 오히려 불리하게 작용한다면, 성형도 더 나은 사회적 지위를 얻기 위한 일종의 셀프 브랜딩 활동이라 볼 수 있을 것이다.

선택 장애,
패키지 성형

사람들은 일상에서 수많은 선택을 하며 살아간다. 점심 때 무엇을 먹을지도, 친구를 만나 무엇을 할지 결정하는 것조차도 모두가 선택의 연속이다. 심지어 무언가를 선택하면서도 그것이 선택인지 인식하지 못할 만큼 선택의 순간은 자연스럽게 이루어진다.

그런데 선택의 옵션이 다양해지면 오히려 무엇을 선택해야 할지 혼란스러워지는 선택 장애가 찾아온다. 2~3가지 중 하나를 선택해야 할 때는 그 선택의 장단점을 쉽게 파악할 수 있지만 옵션이 5~6개로 늘어나면 더 많은 요소를 고려해야 하기 때문에 어떤 게 현명한 선택인지 판단하기 쉽지 않다. 옵션이 10개, 20개, 혹은 그 이상으로 늘어난다면 그 선택은 더욱 어려워진다.

옵션이 너무 다양해 선택이 복잡해지면 사람들은 결국 선택하기를 포기하고 아무거나 또는 알아서 결정해줄 것을 요구한다. 이 순간, 선택의 어려움을 해소할 수 있는 마법 같은 존재가 있다. 바로 '패키지'다. 패키지는 복잡하고 어려운 선택의 순간을 비교적 단순하게 만들도록 돕는다. 사용자들의 데이터를 기반으로 하기 때문에 완벽하게 꼭 맞지는 않더라도 어느 정도 선에서 수용하고 넘어갈 수 있는 선택지들의 구성으로 이루어지게 된다. 휴대폰 패키지 요금 덕분에 음성 통화와 문자 사용량, 데이터 사용량을 복잡하게 계산하지 않아도 되고, 패키지 여행 상품 덕분에 관광 명소들을 편안하게 관광할 수 있다.

이러한 패키지 바람은 성형수술도 예외가 아니어서, 요즘은 눈 패키지, 코 패키지와 같이 특정 부위에 관련된 수술을 모두 묶어서 할 수 있는 패키지나 수험생 패키지, 중년 패키지 등 특정 타깃이 선호하는 수술들을 하나로 묶은 패키지들이 등장했다.

이는 보통 사람들은 자신의 얼굴 중 어느 부위가 문제인지는 알지만, 구체적으로 왜 문제인지는 잘 모르는 경우가 많아 등장한 패키지다. 예를 들어 눈이 작은 것이 고민일 때, 이것이 눈의 가로 길이의 문제인지 세로 길이의 문제인지, 쌍꺼풀의 문제인지, 혹은 미간의 사이가 문제인지 등 구체적인 고민이 아닌 '눈이 너무 작아 보여요'와 같은 단순한 고민인 경우가 대부분이다. 이들에게는 눈이 작다는 고민만 해결될 수 있다면 수술 방법은 쌍꺼풀수술이 되었든, 트임 수술이 되었든 크게 상관없는 경우가 많다. 그렇기 때문에 눈을 크게 만들어줄 수 있는 여러 종류의 눈 성형을 패키지로 받는 것을 선호하게 된다.

어느 한 가지 수술을 받고 보니 다른 부위도 수술하고 싶어 패키지를 선택하는 경우도 많다. 보통 가벼운 마음으로 눈 성형을 하고 나면 코가 조금 더 오뚝해야 할 것 같아서 코 성형을 받고, 그 후에는 얼굴이 너무 밋밋해보이는 것 같아서 이마와 앞 광대에 지방이식을 받는 사람들이 많은데, 이러한 패턴을 파악한 성형외과들이 이 성형수술들을 하나의 패키지로 상품화하기도 했다. 성형수술의 궁극적인 목적이 그저 예쁜 눈, 예쁜 코를 얻는 것이 아니라 예쁜 얼굴을 얻는 것이기 때문에 예뻐질 수 있는 방법이라면 여러 수술법을 패키지로 받는 것도 자연스러워진 것이다.

이 경우 각 병원의 의료진과 상담실장이 성형수술의 플래너 역할을 담당한다. 웨딩플래너가 결혼식 전반의 계획을 세우고 헬스클럽의 트레이너들이 개개인에게 맞춤형의 PT 프로그램을 제공하듯, 성형수술의 의학적인 부분은 의료진이 계획을 세우고, 상담실장은 수술에 필요한 일정이나 주의사항 등을 결정해 안내한다.

사회가 복잡해질수록 더욱더 많은 패키지가 등장할 것이다. 성형수술 역시 앞으로 더 다양하고 세부적인 수술법이 등장할수록 성형 패키지를 선택하는 것이 더욱 일상적인 일이 되지 않을까 하는 생각이 든다.

성형, 반칙인가?

2010년, 유난히도 더웠던 그해 여름의 열대야를 잊게 해준 책이 있다. 이제는 베스트셀러에서 스테디셀러로 자리 잡고 있는 마이클 샌델의 《정의란 무엇인가》이다. 하버드대학교에서 가장 인기 있고 영향력 있는 수업으로 손꼽혔던 샌델 교수의 실제 하버드대 강의 〈Justice〉를 바탕으로 쓴 책이란다. 쉽지 않은 책이었고, 속도는 더디게 나갔다. 엄밀히 말하면 정치학의 분류에 속하는 책이지만, 철학사를 바탕으로 하고 있으며 쉴 새 없이 많은 이슈들과 딜레마적인 상황을 던져주기 때문에 철학적인 고민을 많이 하게 하는 책이었다.

바로 이러한 점, 읽는 이로 하여금 생각하고 공부하게 하는 점이 이 책의 장점이자 주제인 듯싶다.

오랜만에 공부하는 즐거움을 만끽하게 한 이 책은 '정의가 무엇인지'에 대한 명쾌한 답을 주지는 않는다. '정의와 부정', '평등과 불평등', '개인의 권리와 공동선'에 관한 다양한 주장들을 어떻게 이성적으로 판단할 것인지에 대한 답을 다양한 방법을 통해 고찰함으로써, 독자들로 하여금 스스로 고민하게 한다.

우리는 삶의 순간순간 도덕적 딜레마에 빠지곤 한다. 그때 '무엇이 옳은가'라는 질문에 선뜻 답하기가 쉽지 않다. 서슴없이 답했다면 오히려 그가 고정관념에 갇혀 있으며 다른 사람과의 소통과 사회적 관계에서의 책임을 외면하려는 사람일 수 있다.

'무엇이 옳은가'에 대한 답은 쉽지 않을 뿐 아니라, 다양한 답이 존재할 수 있다. 어떤 상황에서 어떤 한 가지 답을 '선택하는 것'은 개인의 삶뿐만 아니라 다수의 삶, 즉 사회에도 영향을 끼친다.

내가 '정의가 무엇인가?'에 대해 이야기하는 이유는, 어려운 주제에 다가가는 샌델 교수의 논법 때문이다.

'성형이 옳은가?', '성형은 필수인가 선택인가?'라는 문제에 대한 접근 역시 다양한 방향과 방법으로 이뤄져야 한다고 생각하기 때문이다. 성형이 옳은가에 대한 답 역시 절대 권위의 한 가지 대답이 있을 수 없다.

책의 내용을 잠깐 보자.

"당신은 전차 기관사이고, 시속 100킬로미터로 철로를 질주한다고 가정해보자. 저 앞에 인부 다섯 명이 작업 도구를 들고 철로에 서 있다. 전차를 멈추려 했지만 불가능하다. 브레이크가 말을 듣지 않는다. 이 속도로 다섯 명의 인부를 들이받으면 모두 죽고 만다는 사실을 알기에(이 생각이 옳다고 가정하자.) 필사적인 심정이 된다. 이때 오른쪽에 있는 비상 철로가 눈에 들어온다. 그곳에도 인부가 있지만, 한 명이다. 전차를 비상 철로로 돌리면 인부 한 사람이 죽는 대신 다섯 사람이 살 수 있다.
당신은 어떻게 하겠는가? 사람들은 대부분 이렇게 말할 것이다. '돌려! 죄 없는 사람 하나가 죽겠지만, 다섯이 죽는 것보다는 낫잖아.' 한 사람을 희생해 다섯 목숨을 구하는 행위는 정당해 보인다."

이러한 선택은 뒤에 이어 등장하는 이야기로 더욱 혼란에 빠진다. 똑같이 전차 이야기고 한 사람을 희생하고 다섯 목숨을 살리는 결론이지만 뒤 이야기에선 다리 위에서 철로를 구경하던 어떤 사람이 같이 철로를 구경하던 다른 한 사람을 밀어서 전차를 막는다는 설정이기 때문이다. 직접적으로 사람을 죽이는 설정 때문에 한 사람을 희생해 다섯 사람을 구하는 것이 옳은 것처럼 여겨지던 원칙이 흔들리게 된다.
성형에 관해 질문을 한번 만들어보자. 미인대회에서 최고의 미인이 선출되었다. 과정에는 아무런 문제가 없었다. 그런데 최고의 미인이 성형수술을 한 것이 폭로되었다면? 당신이 심사위원장이라면 어떻게 할 것인가? 실제로 최근에 우리나라에서 있었던 일이다. 그리고 논란이 되었다. 성형수술을 하고 미스코리아에 나오는 것은 반칙인가? 규율 위반인가?

그럼 이번에는, 이 대회가 만약 최고의 미인을 뽑는 대회가 아니라 최고의 연예인을 뽑는 대회였다면 당신의 선택은 바뀔 것인가 하는 문제이다. 혹 이 대회가 최고의 아나운서를 뽑는 대회였다면? 성형수술을 한 것이 아나운서가 되는 데 결격사유가 되는 것일까? 반대로 그 대회에서 떨어진 다른 경쟁자에게 그녀는 반칙을 한 것일까?

이렇듯 어떤 일에 대한 평가 기준, 혹은 그 사람에 대한 평가 기준은 가치관만큼이나 다양할 뿐 아니라 시기와 상황에 따라서도 달라진다. 예를 들어 고등학교까지 사회가 개인을 평가하는 기준을 보자. 대체로 단순하다. '모범생이냐 문제 학생이냐'라는 기준이거나 '공부를 잘하느냐 못하느냐'의 기준이 대체적으로 받아들여진다. 그런데 성인이 된 후의 평가 기준은 개인이 속하는 사회에 따라 많이 달라질 수 있고, 단순하지 않다.

문제는 자신이 속한 사회에서 자신이 갖지 못한 기준으로 평가받을 때 어떻게 할 것인가 하는 부분이다. 단적인 예로 기업이 이런저런 물리적 스펙을 표방하며 인재를 찾는다고 하지만 그 모든 것을 갖추었더라도 얼굴이 험악하게 생겼다는 이유로 직장 내에서 왕따를 당하거나 아예 취업을 거절당한다면, 그 불합리성을 어떻게 이해하고 어떻게 대처하는가 하는 문제이다.

여기서 기억할 것은 하나의 원칙만으로 세상을 살아갈 순 없다는 것과 하나의 가치관만으로 사람을 평가하면 안 된다는 것이다. 다행인지 몰라도 요즘 우리나라는 다양성을 더 많이 인정하는 사회로 변화하고 있는 것 같다.

성형에 대한 디오니소스적 해석

인생은 선택의 연속이다. 어떤 것은 우리가 선택할 수 있고, 어떤 것은 우리에게 선택의 기회조차 주어지지 않고 무작정 우리 앞에 벌어진다. 나는 우리가 놓이게 된 어떤 '상황'에서 중요한 것은 상황 그 자체가 아니라 상황을 해석하는 가치관이라고 믿는다. 즉, 인생을 바라보는 우리의 시각이 인생을 결정짓는다고 생각한다.

우리가 인생의 주인공으로 살아가기 위해서는 니체가 말하는 '디오니소스적 긍정'이 필요하다. 니체는 존재하는 모든 것, 삶이 주는 고통, 비루함, 허무함 그리고 원망스러운 인간관계마저 긍정하라고 주장한다. 그가 말하는 디오니소스적 긍정의 가치는 단순히 '존재하는 모든 것을 다 받아들이고 수용하고 인정하라'는 뜻에 머물지는 않는다. 니체의 표현을 빌리자면 '체념적이고 허무주의적인 긍정'과는 다르다. 니체의 디오니소스적 긍정을 얘기하면서 함께 생각해야 할 그의 중요한 관점은 바로 '진리는 없다'이다. 그는 진리는 없고 '진리에 대한 해석'만 존재한다고 역설한다.

삶도 마찬가지가 아닐까? 우리의 삶 자체가 아니라 삶에 대한 해석이 곧 우리의 삶을 결정짓는 것이다. 우리가 처해 있는 현실에 대한 해석을 우리 스스로 어떻게 하느냐에 따라 행복 지수도 달라질 수 있다.

사고로 팔 하나를 잃게 된 사람이 그 사실을 어떻게 해석하고 받아들이느냐에 따라 그 사람의 남은 삶의 가치가 정해진다. 자신이 처한 모든 현실, 자신에게 존재하는 모든 것, 그것이 고통스럽고 아플지라도 그마저 긍정할 수 있는 힘이 바로 니체가 말하는 '운명애運命愛, Amor Fati'다. 니체는 필연적인 운명을 긍정하고 단지 그것을 감수할 뿐만 아니라 오히려 이것을 사랑하는 것이 인간의 위대함을 보여주는 것이라고 주장하며, 이러한 운명애가 창조력으로 이어진다고 말한다.

니체의 운명애는 삶에 대한 체념적 수용과는 다르다. 체념으로 삶을 수용하라는 의미가 아니다. 체념적으로 받아들이는 것은 긍정이 아니라 부정이다. 부정적인 태도는 다른 사람을 탓하고 자기 자신조차 탓하고 비난하는 것으로 이어진다.

자신의 삶이 고통스러운 시련 속에 있더라도 긍정할 수 있는 이유는 우리가 새로운 가치를 창조해낼 수 있기 때문이다. 어떤 운명이 주어졌더라도 스스로 긍정적인 삶으로 변화시켜 나갈 수 있다고 믿을 때 우리는 우리의 인생을 사랑할 수 있다. 그리고 사랑할 수 있을 때 창조적으로 자신의 삶을 바꿔나갈 수 있는 힘이 생긴다. 자신에게 주어진 현재의 삶에 대해 디오니소스적 긍정을 할 때 새롭게 인생을 만들어나갈 용기와 힘을 얻게 된다.

성형외과에 찾아와 서로 탓만 하면서 싸우는 부모와 자녀에게 말해줄 수 있는 애매한 결론은 바로 '누구의 탓'도 아니라는 것이다. 외모는 우리가 선택할 수 없는 영역의 것이다. 하지만 자신에게 주어진 삶을 어떤 방법으로 살 것인지는 선택할 수 있다.

외모가 과거에 비해 월등하게 중요한 조건이 되는 현대사회에서 자신의 외모 때문에 불리한 입장이지만 있는 그대로 받아들이고 움츠러들지 않고 당당하게 자신의 인생을 개척해나가는 태도를 선택할 수도 있고, 성형이나 다이어트 등의 적극적인 방법을 이용하여 인생을 새롭게 디자인해나갈 수도 있다.

성형은 운명에 대한 가치평가 자체가 아니라 그 사람이 긍정의 가치관으로 살아가기 위해 선택하는 전략 중 하나이다. 즉 인생에 대한 해석보다 하위개념의 선택이다. 성형을 안 한다고 모두 자신을 사랑하는 것도 아니고, 성형을 한다고 자기 자신을 사랑하지 않는 것도 아니다. 중요한 것은 성형을 하느냐 안 하느냐가 아니다. 자신의 현실, 자신의 삶에 놓여 있는 길을 어떻게 해석하고 어떻게 대처하느냐가 중요하다. 성형은 그 길을 감에 있어 그 사람이 선택하는 탈 것의 종류 중 하나라고 할 수 있다.

긍정적인 가치관으로 우리를 둘러싼 모든 것을 해석하고, 적극적인 태도로 가고자 하는 길을 열심히 가는 것, 이것이 창조적 인생을 사는 방법이다.

부모의 마음

희경 씨는 자꾸만 주걱턱수술을 해달라고 조르는 딸 보라 때문에 고민이 많다. 사실 희경 씨 본인도 주걱턱이 큰 콤플렉스였기 때문에 보라의 마음을 모르는 것은 아니다. 보라가 자라는 과정에서 엄마를 닮아 주걱턱이 되진 않을까 내심 조마조마했던 터다. 영구치가 날 무렵부터 혹시나 아래턱이 튀어나오지는 않을까 더 유심히 살펴보게 되고, 턱이 나오지 않도록 꾹꾹 눌러보기도 했다. 그러나 우려했던 대로 보라의 얼굴은 엄마를 닮은 주걱턱으로 변해갔다.

보라는 "엄마가 이렇게 낳았으니 내 얼굴 책임져!"라며 성형수술을 받겠다는 의지를 강하게 드러냈다. 보라의 아픔을 이해하는 희경 씨의 솔직한 마음은 딸이 원하는 대로 성형수술을 시켜주고 싶다. 그러나 막상 수술을 한다 생각하면 혹시나 위험하진 않을까 하는 생각에 망설

여지는 것이 사실이다. 실제로 자신의 콤플렉스를 그대로 물려받은 자녀를 둔 경우 대개 자녀의 외모 콤플렉스에 공감하고 이를 적극적으로 개선해주고 싶은 의지도 강한 '동병상련형'의 엄마가 된다.

그러나 모든 엄마들이 성형수술에 찬성만 하는 것은 아니다. 성형외과에서 매우 빈번하게 볼 수 있는 풍경 중 하나는 성형외과를 찾은 모녀의 다툼이다. 지금보다 더 예뻐지고 싶은 마음이 앞서는 딸은 예뻐질 수만 있다면 어떤 수술이든 받고 싶어 하는 데 비해, 딸의 손에 이끌려 어쩔 수 없이 병원을 찾아왔지만 내심 이 상황이 못마땅한 엄마는 '지금도 충분히 예쁜데 어딜 고치겠다는 것이냐'며 불편한 심기를 가감 없이 드러낸다. 사실 딸과 함께 병원을 찾은 엄마들이 성형을 반대하는 이유는 매우 다양하다.

성형수술에 대해 정확하게 알지 못하는 경우 수술의 필요성에는 공감하지만 수술 자체에는 두려움이 있는 '노심초사형' 엄마가 된다. 자신들이 느끼기에 수술이 너무 위험하다는 것이다. 성형수술과 관련된 부정적인 뉴스들이 집중적으로 보도되는 시기에는 더욱 그러하다. 이 유형은 성형수술의 필요성 자체는 인지하고 있으나 칼을 대는 수술 자체에 대한 거부감이 큰 편이다. 이러한 경우에는 큰 수술보다는 쁘띠 성형 등의 비교적 간편한 수술로 적당히 타협함으로써 성형수술을 받고 싶어 하는 딸과의 의견 차이를 좁히고 어느 정도 수술에 동의하기도 한다.

성형수술을 반대하는 또 다른 유형으로 '고슴도치형'을 들 수 있다. 엄마는 자녀들이 외모 콤플렉스를 갖게 되는 것을 이해할 수 없다. 그들의 눈에 자신의 자녀는 너무나 예쁘고 완벽하기 때문에 수술의 필요성에 공감하지 못한다.

'고슴도치형'과는 수술의 필요성에 대해서 인정하지 않는다는 면에서는 비슷하지만 그 이유가 조금은 다른 유형으로 '공감부족형'이 있다. 자녀가 외모로 스트레스받는 것을 이해하기 어려운 형이다. 자녀가 주위에서 외모 때문에 말을 듣는다거나, 입사시험 등에 불이익을 당한다는 이야기를 들어도 인정하지 않는 경우다. 자녀와의 소통의 부재 때문이기도 하고 자녀에 대한 공감이 부족하기 때문이기도 하지만 때로는 사회적인 현실에 대해서 인식이 부족한 경우도 있다.

이와는 조금 다른 형으로 '이데올로기형'이 있다. 자녀의 외모가 조금 부족하다고는 느끼기도 하지만 사람이 외모만으로 살아가는 것이 아닐진대, 유독 이렇게 외모에 신경 쓰고 사는 자녀를 이해하기 어렵다. 오히려 요즘 아이들은 외모를 너무 중요시 여긴다고 생각한다. 딸에게 "너의 외모에 신경 쓰지 말고 공부를 열심히 하라"는 이야기를 하기도 한다. 외모를 중요하게 여기는 사회 분위기 자체를 인정하지 못하거나 반대하기 때문에 성형수술을 반대하는 측면이 더 크다.

이밖에 얼굴에 칼을 대는 것은 절대 용납할 수 없는 '유교형'도 있다. '신체발부는 수지부모라'는 말에 깊이 공감하며, 몸과 몸에 있는 모든 것이 부모님에게로부터 받은 것이니 상하거나 훼손시키지 않는 것이 효의 시작이고 옳은 일이라고 굳게 믿는 형이다. 주로 엄마보다는 아빠나 할머니에게서 많이 나타나는 유형으로, 현재 예쁘거나 안 예쁘거나, 현재가 정상인지 비정상인지의 문제가 아니라 어떤 이유이든 간에 얼굴에 칼을 댄다는 것 자체를 절대 용납하지 못한다.

'현실 호소형'은 어쩌면 가장 많은 유형이다. 외모의 문제도 인식하고 성형수술의 필요도 공감을 하는 상황에서 현실적인 이유로 반대를 하는 경우이다. 예를 들면 현재 시험을 앞두고 있는 상황이나, 경제적인 여건을 이유로 현재는 성형을 할 상황이 아니라는 것이다. 지금까지와는 별개로 '적극 권유형'도 있다. 자녀가 수술에 대해서 망설이거나 혹은 의지가 없는 경우인데도 부모님이 적극적으로 추천하여 병원에 오는 경우다. 자녀의 진로를 적극적으로 결정해주는 소위 헬리콥터 맘인 경우도 있지만 자녀들이 소극적인 성격인 경우에 이를 개선하기 위해서 추천하는 경우도 있다.

조금은 다른 상황으로, 가족 중에서 부모님이 성형을 하려고 하면 자녀가 민감한 반응을 보이는 경우도 있다. 이미 오랜 세월 보아온 지금의 얼굴이 익숙해 새로운 얼굴에 대해 필요성을 못 느끼거나 거부감을 느끼는 것이다. '현재 만족형'으로 분류할 수 있는 이들은 "내가 아는 엄마는 원래 이렇게 입이 나온 모습인데, 입이 들어가면 오히려 이상하게 느껴질 것 같다"고 생각한다. 우리나라에서는 부모님들이 외모에 대한 콤플렉스가 있다는 것을 자녀에게 공유하는 일이 매우 드물다. 따라서 안면윤곽 수술을 받은 중년 여성의 경우 가족으로부터 이런 반응을 느꼈다는 분들이 많이 있다. 물론 그 반대 유형인 '적극 권유형'도 있다. 인터넷이나 매체에서 부모님에 대한 성형 정보를 듣고 적극 권하는 형이라고 할 수 있다. '선의의 거짓말형'은 친구나 가족이 문제가 있는지 물어보면 지금도 충분히 예쁘고 정상이라고 이야기해준다. 그래야 그 친구가 마음의 상처를 받지 않을 것이기 때문이다. 또 혹시 수술을 하게 되더라도, 그때 네가 한 말 때문에 수술했다는 책임을 회피할 수 있다. 그 외에도 조금 유치하긴 하지만, 동생이나 친구가 자신보다 예뻐지는 것을 시샘해 '수술하지 않아도 충분히 예쁘다'며 마음에 없는 거짓말을 하는 '시샘형'도 있다.

성형을 하고 싶다는 의지를 보이면 아직까지도 주변 사람들의 의견이 찬반으로 나뉘어 저마다의 주장을 펼친다. 어느 쪽이든 일리가 있기 때문에 그 결정이 쉽지 않겠지만, 분명한 것은 어느 쪽이든 성형에 대한 최종적인 결정은 남이 아닌 스스로가 선택해야 결과에 대한 후회가 없다는 것이다.

알지도 못하면서

최근 중국의 한 엔터테인먼트 에이전시로부터 성형의 아이콘으로 유명한 중국 배우가 성형을 하지 않았다는 것을 증언해줄 수 있겠느냐는 제의를 받았다. 배우를 진찰하고 방사선 사진을 검사하여 배우와 기자회견장에 가서 인터뷰를 해달라는 것이었다. 성형수술 의혹이 생기자 이를 잠재우기 위해 중국의 성형외과에서 검사를 하여 동영상까지 제작했음에도 의혹이 해결되지 않자 마지막 고육책으로 성형으로 유명한 한국의 나에게까지 이런 제안을 한 것으로 생각되었다. 본인의 입장에서 오죽 답답했으면 이런 일을 기획했을까 하는 생각이 들기도 했지만, 과거 사진과 비교해서 너무나도 다른 얼굴 모습을 갖고 있어 수술했다는 의심이 드는 사람이 수술을 안 했다고 하니 믿어지지 않는 대중의 마음도 이해가 갔다.

사람들은 성형한 얼굴에 대한 선입관이 있다. 콧대가 높고 코끝이 오뚝한 코를 볼 때 성형한 코라고 단정 지어 생각하는 경향이 있다. 실제로는 유전적으로 높은 콧대를 타고나는 경우가 드물지 않게 있음에도 불구하고 말이다. 쌍꺼풀이 크거나 이국적이면 역시 성형한 얼굴이라고 생각한다.

처음 보는 사람에게 성형외과 의사라고 소개를 하면 가장 많이 듣는 질문이 "성형외과 의사는 얼굴만 보면 성형했는지 바로 아세요?"라는 질문이다. 어떤 사람은 친구의 사진을 보여주면서 "성형한 거지요?" 라고 물어본다. "성형해놓고 안 했다고 우긴다"며 얄미운 마음을 감추지 않는다.

그러나 사실 성형 여부는 성형외과 의사가 봐도 알기 어려운 경우가 많다. 성형외과 의사가 성형 여부를 판단하는 기준은 코가 얼마큼 높은지, 쌍꺼풀이 얼마나 두꺼운지의 여부보다는 흉터나 보형물을 비롯한 수술 흔적이 남아 있는지와 수술로 인한 부자연스러움 등이다. 눈의 경우에 눈을 감아보면 절개를 한 흉터가 보인다. 비절개식으로 수술을 한 경우에도 실밥 자리나 속에 들어 있는 실이 보이는 경우도 있다. 이런 경우라면 성형외과의 전문지식을 통해서 쉽게 성형 여부를 판가름할 수 있다. 코에서 보형물이 비쳐 보이거나, 가슴 수술을 하여 가슴골에서 보형물의 외관이 보이는 것처럼 보형물이 있는 경우 수술한 티가 나는 경우가 있다. 반대로 코의 보형물이 전혀 보이지 않고 만져지지 도 않지만, 코끝을 너무 높여서 콧구멍과 코끝의 비율이 어색한 경우라면 수술했음을 의심할 수 있다. 피부를 너무 당겨서 턱선이 어색하거나 눈꼬리가 올라가 보인다면 안면거상술을 받은 것으로 의심할 수 있다. 이마와 볼에 지방 주입을 심하게 해서 '성형미인'인 것이 드러나는 경우도 있다. 하지만 수술이 잘 되어서 보형물도 보이지 않고, 흉터도 보이지 않고, 전체적인 조화도 자연스럽다면 봐서는 쉽게 알 수 없는 경우도 많다. 수술한 의사를 칭찬해줘야 할까?

한때 기자들이 북한의 김정은 사진을 가져와 성형한 얼굴인지 물어보기도 했다. 그 당시 호기심을 바탕으로 한 기사가 나기도 했다. 하지만 김정은의 실제 수술 여부는 알기 어렵다. 실물로 보고 판단할 방법이 없기 때문이다. 사진만으로는 정확한 판단이 어렵다. 사진의 해상도도 너무 낮아 육안으로 자세하게 관찰하기 어렵다 보니 할아버지 김일성을 닮기 위한 성형수술의 여부는 추측성 기사일 수밖에 없다.

상담실에서도 성형을 할지 말지 고민하는 환자들 중에는 성형 후 티가 많이 나는 것을 두려워하는 경우가 많다. 그러나 반대로 성형이 잘 되면 자연미인과 성형미인을 구별하기 어려울 정도로 자연스러울 수 있다. 사실 가장 이상적인 성형은 무작정 예쁜 눈, 예쁜 코를 만드는 것이 아니라 성형할 각 부위가 얼굴 전체와 조화를 이룰 수 있도록 개선

그러나 사실 성형 여부는 성형외과 의사가 봐도 알기 어려운 경우가 많다.

하기 때문이다. 성형 후 얼굴에서 인위적인 느낌이 난다면 이는 수술이 실패했기 때문이지, 성형을 했다는 사실 자체가 문제인 것은 아니라고도 할 수 있다.

우리나라 남자들에게 여자친구나 배우자의 성형수술에 대해 물어보면, 성형을 하더라도 예쁜 것이 좋다고 하는 사람들이 많다고 한다. 하지만 성형한 티가 나는 성형미인에 대해서는 거부감이 매우 강하다. 부모로부터 물려받은 자연미인을 선호한다는 것인데 이는 너무나 당연한 일이다.

성형에 대한 이런 양면적인 느낌은 자연스럽고 무리하지 않는 성형을 통해 해결해야 할 문제라고 생각한다. 실제로 애인이나 결혼할 배우자에게 성형수술 여부를 밝히지 않는 경우가 여전히 많은 것이 사실이다. 그렇다고 결혼 전에 배우자를 성형외과에 데려와서 성형수술 하지 않았다는 검사를 받기도 어려운 실정이다. 성형이 자연스럽게 잘된 경우에는 성형 여부를 일반인이 잘 알기 어렵다는 것이다. 우스갯소리로 자신이 수술한 환자를 며느리 삼았음에도 몰랐다는 선배의 이야기도 있다.

남자들 중에는 "나는 자세히 보면 성형수술 한 걸 다 알아"라고 호기 있게 말씀하시는 분들이 있다. 하지만 성형외과인 나도 성형수술 여부를 알기 어려운 경우가 많다. 성형에 대한 거짓말이 결혼 후에 알려져서 불화를 겪는 경우도 있다. '내가 믿었던 사람이 성형미인이었다니!' 하는 실망감도 있을 수 있고, 성형 여부를 알아차리지 못해 자존심 상한 면도 있을 수 있다. 그러나 어찌하랴! 본인이 좋아했던 건 바로 외모와 내면의 아름다움이 하나 된 지금의 그녀이기 때문이다.

성형수술 수발드는 남자친구

얼마 전 한 환자가 양악수술을 받았다. 수술을 결정하고 수술 계획 상담을 하던 날, 그녀는 해외여행을 마치고 귀국하는 날 성형수술을 받을 예정이라고 했다. 으레 하는 인사처럼 외국에는 무슨 일로 가는지 물어보았더니, 그녀의 대답은 다소 놀라운 것이었다. 신혼여행을 마치고 돌아올 예정이라는 것이었다. 주걱턱이 큰 고민이었던 그녀는 결혼을 결정하기 직전까지도 성형수술을 진지하게 고민했었다고 한다. 오랜 기간 연애를 해왔던 그녀의 남편은 결국 그녀가 양악수술을 결정하는 데 힘이 되어주었고, 수술 후 병간호를 해줄 수 있는 신혼여행 휴가 기간을 이용해 수술을 받기로 했다는 것이다. 이분은 실제로 결혼 휴가를 이용해서 수술을 받았고 수술 후에 예쁜 딸도 출산하여 행복한 가정을 꾸리고 있다.

요즘은 연인 사이에서 오히려 성형수술을 인정하고 축하하는 분위기가 된 듯하다.

남편, 남자친구들의 경우 전에는 꼭 필요해서 받는 성형수술조차도 반대하는 것이 일반적이었다. 남편은 '성형은 무슨 성형이냐'며 언급조차 못하게 하고, 그런 남편이 무서워 몰래 성형을 받으면 이를 발견한 남편이 크게 역정을 내는 일도 부지기수였다. 그런데 이제는 신혼 휴가를 이용해 성형을 하기도 한다. 세상이 크게 변했다는 것을 느끼는 순간이었다.

언젠가 SNS에서 남자친구에게 고가의 외제차를 선물받았다며 차를 배경으로 사진 찍은 20대 여성의 셀카 포스팅을 보게 되었다. 정말일까? 나에게는 이해하기 힘든 일이었다. 아직 결혼도 하지 않은 연인에게 어떻게 그런 고가의 자동차를 선물한 것인지, 그녀의 사진에는 놀라움이 담긴 수많은 댓글들이 달려 있었다.

"왜 사준 거야?"

"남자친구가 자기 차 사려다 내 차 샀대. 너무 기분 좋아."

"우와, 좋겠다. 먹튀하면 안 되겠네. 프러포즈하려고 그러나?"

고가의 외제차가 아니더라도, 요즘은 연인의 성형 비용을 대신 지불하는 일도 꽤 흔한 편이다. 여자친구가 적극적으로 요구하는 경우도 있을 것이고, 반대로 남자 쪽에서 먼저 수술을 권하고 그 비용을 부담하겠다고 하는 경우도 있는 거 같다. 남자친구에게서 불쑥 성형수술을 제안받는다면 마음이 어떨까? 자존심이 상하거나 당황스러울 수도 있을 것이다. 반대로 배려해주는 마음이 고마울 수도 있을 것이다. 이전에 이미 둘의 대화 중에 성형수술에 대한 이야기가 자연스럽게 나온 상태에서 비용을 선물받는다면 고마울 수도 있을 것이다.

그중에는 더러 당혹스러운 일도 있다. 개원한 지 얼마 되지 않았던 박상훈성형외과 시절, 남자친구가 수술비를 대신 내겠다는 말을 믿고 수술을 했지만 두 사람이 이별하게 되면서 수술비를 받지 못했던 것이다. 이미 수술한 것을 돌려받을 수도 없고, 결국 수술비를 받지 못하고 환자의 이별을 위로하던 기억도 있다. 시어머니가 며느리에게 수술을 권하여 수술비를 부담했던 경우도 있다. 몇 번 되지는 않지만 수술 후에도 시어머니가 계속 따라다니며 여기가 마음에 들지 않는다, 저기를 어떻게 해달라며 훈수를 두었던 기억이 난다.

이런 당황스러운 일을 차치하고서라도, 요즘은 연인 사이에서 오히려 성형수술을 인정하고 축하하는 분위기가 된 듯하다. 어떤 환자는 남자친구가 성형수술로 다시 태어난 것을 축하한다며 꽃다발을 들고 병실을 찾아오기도 한다. 수술 후 거동이 불편한 여자친구의 수발을 드는 남자친구의 모습을 보는 것은 너무나 흔한 일이다. 어쩌면 그만큼 남녀가 평등해졌다는 것을 알 수 있는 대목이기도 하다. 아마 연인이 외모 때문에 오랫동안 고민하는 모습을 보아왔기 때문에 그 고민에 공감하는 것일지도 모른다. 이왕이면 여자친구가 지금보다 예뻤으면 좋겠다는 바람도 포함해서 말이다.

성형의 인류학

미국의 LA와 뉴욕은 한인타운이 형성되어 있을 만큼 한국인이 많은 지역이다. 그렇다 보니 내가 뉴욕에서 교환교수로 지내던 시절에도 한국 라면을 포함한 음식과 한국 프로그램 등 모든 것이 풍부해 외국에 사는 아쉬움이 거의 없을 정도였다. 미국에 처음 터를 닦은 한국인들은 왜 수많은 지역 중 LA와 뉴욕을 선택했을까? 단지 가장 큰 도시이기 때문이었을까?

LA와 뉴욕에 살던 분들의 말을 빌리면, 그곳은 한국과 날씨가 비슷하다는 말을 많이 듣는다. 미국의 이민자 인구 분포를 보면 정착지의 기후와 생활환경이 한국과 비슷한 지역을 선택하는 경향이 있었다. 한국인뿐만 아니라 수많은 외국인들이 이민 시 어느 정도 자국과 기후가 비슷한 지역에서 정착하는 편이다. 스웨덴이나 북유럽의 이민자는 주로 시카고나 북부에 정착하고, 이탈리아 등 남쪽 유럽 출신은 마이애미나 애리조나 같은 더운 지역에 정착했다. 독일인은 몬태나나 미네소타 지역에 터를 잡았다.

동물의 외모는 기후의 영향을 받는다. 펭귄이나 물개, 북극곰 같은 냉대 기후의 동물들은 추위에 적응하기 위해 체온을 최대한 유지할 수 있는 외모로 진화했다. 반면에 악어나 원숭이, 오랑우탄 등 열대 기후의 동물들은 강한 햇볕을 많이 받으며 생활하기 때문에 피부가 받은 열을 최대한 발산할 수 있는 외모로 변해왔다.

인간의 외모 역시 기후의 영향을 받아 변해왔다. 초기의 인류는 산맥이나 강, 바다 등을 따라 이동하면서 언어와 문화, 외모가 서로 다르게 변화해왔다. 요즘은 교통의 발달로 산맥과 바다가 예전만큼 큰 장벽은 아니지만, 그럼에도 인간은 이민지를 선택할 때 자신이 살던 환경과 비슷한 기후를 찾아 정착하는 경향이 있다. 그러다 보니 같은 위도의 지역에 정착하는 사례가 많고, 그 위도의 기후에 적응하기 적합한 외모가 존재하게 된다.

그렇다면 위도에 따라 사람들이 선호하는 외모는 어떻게 다를까? 외모에 가장 큰 영향을 미치는 환경적 요소는 바로 기온이다. 기온은 사람들이 신체를 얼마나 노출하느냐의 문제와 직결되기 때문이다. 동남아시아, 남유럽, 중앙아메리카 등 적도에 가까운 지역의 사람들은 더위를 이겨내기 위해 피부의 표면적이 넓어지는 방향으로 외모가 발달하는 경향이 있다. 얼굴은 동그랗게 변하고 가슴이나 엉덩이 등 체형 부위에 지방이 많다. 북유럽, 북중국 지역에 거주하는 사람들의 얼굴형은 비교적 크고 체격이 장대하다. 더운 지방에서는 신체 부위가 많이 노출되는 편으로, 이 부분이 미적으로 중요하니 성형수술도 가슴성형과 힙업성형의 비중이 매우 높다. 반면에 추운 지역은 발열을 최소화하기 위해 몸을 최대한 옷으로 가리는 편이다. 노출 부위가 적다 보니 아름다움을 판가름하는 기준도 주로 얼굴에 집중되어 있으며, 쌍꺼풀 수술이나 코 성형과 같은 수술의 비중이 높다.

이렇게 인류학적인 시각으로 보면 성형의 트렌드도 기후의 영향을 크게 받고 있음을 알 수 있다. 이러한 환경적인 배경들은 각 문화권마다 다른 심미관을 이해하는 데도 많은 도움이 된다.

성형의 새로운 발견들

/

《1963 발칙한 혁명》이라는 책은 문화적으로 '혁명'이라 할 수 있을 만한 사건들이 등장하는 1963년에 대해 소개하고 있다. 사실 이 책에 눈이 간 것은 나에게 1963이라는 숫자의 의미이다. 내가 태어난 해이기 때문이다.

놀랍게도 1963년에는 미니스커트가 처음 등장했고, 비틀즈가 첫 앨범을 발표했으며, 피임약이 처음 등장했다고 한다. 다소 사소해보일 수 있는 이러한 사건들은 문화적으로 새로운 바람을 몰고 왔다. 기성세대에 억눌려 있던 청년들이 낡은 관습과 방식을 털어내고 자유와 평등, 인권에 대해 이야기하며 새로운 트렌드를 이끌어가는 문화적 주체로서 새롭게 떠오르게 된 것이다. 이른바 '젊은이 반란의 해The year of the youthquake'라고 불릴 만큼 1963년은 문화적으로 새로운 변화의 시작이었다.

재미있는 사실은, 성형도 이러한 변화를 겪어왔다. 미니스커트와 보이밴드, 피임약의 등장이 세계의 문화를 뒤흔든 것처럼, 성형도 새로운 수술법의 등장으로 급변기를 겪었다. 1980년대까지만 해도 성형수술은 절개 방식의 쌍꺼풀수술과 코 성형이 주류였다. 지금도 가장 많은 사람이 받고 있는 수술이긴 하지만, 당시의 성형수술은 다소 부자연스럽고 흉터도 진하게 남는 편이었다. 의사의 수도 적었기 때문에 수술 비용이 꽤 높은 편이었고, 외모의 중요도가 높은 직업을 가진 연예인이나 부유층의 사람들 위주로 성형이 이루어졌다. 개중에는 일본에 가서 수술을 받는 사람들도 있었다.

눈을 크게 해주세요! 매몰법과 트임 | 누가 뭐라 해도 성형 발전의 시작은 눈 성형으로부터 시작되었다고 할 수 있다. 성형수술이 급격하게 대중화되기 시작한 것은 1990년대 중반 매몰법을 이용한 쌍꺼풀수술이 등장하기 시작하면서부터다. 매몰법의 등장은 예뻐지려면 칼자국은 필수인 줄 알았던 성형수술의 패러다임을 바꾼 것이나 다름없었다. 물론 소위 '찝는' 쌍꺼풀수술이 쉽게 풀리는 단점을 개선해 눈꺼풀을 절개하지 않아도 자연스러운 쌍꺼풀 라인을 만들 수 있는 비절개 쌍꺼풀수술의 수요가 폭발적으로 증가했다. 사람들은 전보다 성형수

술 자체에 부담을 덜 느끼게 되었고 언제부터인가는 강남의 성형외과에 수능이 끝나면 교복차림의 고등학생들이 몰려드는 풍토가 생겨나기 시작했다. 이렇게 비절개 쌍꺼풀수술은 성형 대중화의 신호탄을 쏘았다고 할 수 있다.

이러한 눈 성형의 발전은 2000년대 눈트임수술이 개발되면서 새로운 확산의 전기를 마련하게 되었다. 여느 성형수술이 그러하듯, 눈트임 성형도 초기에는 눈 부위의 기형적인 증상을 개선하기 위한 재건수술로 수술 후 티가 많이 나는 편이었다. 그러나 2000년대 수술 자국이 거의 남지 않는 새로운 트임 수술법이 개발되면서 많은 사람들이 연예인처럼 크고 시원해보이는 눈매를 가질 수 있게 되었다. 이제까지 '눈 성형' 하면 쌍꺼풀수술을 연상했다면 이제 눈의 모양을 개선하는 수술이 제대로 가능해진 것이다.

젊음을 영원히! 보톡스 | 성형외과를 포함한 피부과, 미용수술 분야를 바꾼 가장 큰 발명은 보톡스라고 할 수 있다. 1996년경부터 미국에서 사용되기 시작한 보톡스는 주로 눈가에 주름을 없애는 데 쓰였지만 점점 그 사용 범위와 빈도가 높아져 오늘날은 얼굴의 모든 주름과 근육은 물론 승모근 보톡스, 종아리 보톡스 등 체형 부분에도 광범위하게 사용되고 있다. 얼굴에 맞는 보톡스는 당시 '젊어지는 신비의 불로초'

로 젊음을 원하는 여성들에게 있어 남성의 비아그라와 비견되는 '해피 드러그Happy drug'였다. 현재 보톡스는 많은 회사에서 경쟁적으로 제품을 개발하여 가격이 초기의 10분의 1 수준까지 떨어졌고, 사용 방법도 편리해지고 시술 자체도 대중화되어 모든 인간의 자연스러운 욕구인 젊음에 대한 열망을 쉽고 간편하게 해소할 수 있게 되었다.

간단하고 자연스럽게 젊어지고 싶다는 소망은 자연스럽게 얼굴의 지방주입이라는 시술로 발전하게 되어 2005년은 '지방의 해'라고 보아도 무방할 만큼 지방이식의 인기가 높았다. 나이가 들면서 얼굴에 탄력이 떨어지면 쭈글쭈글한 잔주름이 생기고 전체적으로 얼굴이 편평하고 밋밋해 보이면서 나이 들어 보이기 쉽다. 더 어려 보이는 외모를 만들고자 엉덩이 피부를 절제해 이식하는 경우도 있었지만, 다소 부담스러운 수술이었다. 2000년대 중반에 등장한 지방주입술은 이마와 앞 광대, 팔자주름, 턱 끝 등 얼굴이 밋밋해 보이기 쉬운 부위에 보다 손쉽게 볼륨감을 부여할 수 있게 한 획기적인 수술법이다. 이렇게 수술에 대한 부담이 적어지면서, 나이 드는 것이 고민이지만 성형수술에는 부담을 느끼던 사람들도 점점 성형에 관심을 갖게 되었다.

연예인처럼 해주세요! 양악수술 | 2010년대는 양악수술이 신드롬 급의 인기를 누렸다. 아직도 많은 사람들이 이때 주걱턱이나 돌출입 때

문에 고민하던 연예인들이 몰라보게 달라진 모습으로 미디어에 재등장해 인터뷰하던 것을 기억할 것이다. 이 시대 사람들에게 양악수술은 가장 드라마틱하게 예뻐질 수 있는 수술이자 '연예인을 만들어주는' 성형수술이었다.

선수술 방식이나 악간고정이 없는 양악수술 등 기존보다 편리한 양악수술법이 등장한 것은 부정교합이 있음에도 긴 치료 기간이 소요되는 것이 부담이었던 사람들의 부담을 덜게 되었다는 점에서 획기적이었다. 또한 이미 모든 성형수술을 다 해보고도 얼굴이 마음에 들지 않아 고민하던 성형의 부동浮動층들과 연예인을 꿈꾸던 여론 선도층이 양악수술에 관심을 갖는 계기를 제공함으로써 사회 전반적으로 폭발적인 반응을 얻게 되었다.

사실 이 수술은 2000년대 초반 저변이 확대된 사각턱수술과 광대수술이 기본이 되었고, 양악수술과 함께 얼굴형을 바꾸는 수술로 인식되고 있다. 양악수술과 안면윤곽수술은 전 세계적으로 보아도 우리나라에서 기술 발전을 선도한다 할 수 있고, 그 이후 중국과 동남아시아에서 성형 한류를 일으키며 세계적으로 대한민국의 성형수술이 유명해지게 되는 데 큰 역할을 했다. 하지만 양악수술에 대한 사회적 관심은 수술의 위험성과 부작용 등 여러 번의 사회적 물의를 빚게 되면서 급격히 감소하였고, 다른 시대를 풍미한 수술과는 달리 최근에는 기능적인 경우에 주로 시행되는 수술로 줄어들게 되었다.

한 가지 흥미로운 것은, 이렇게 새롭게 등장해 한 시대를 풍미한 수술법들은 완전히 새로운 것이기보다는 대부분 이전에 있던 수술법이 시대의 니즈에 맞게 쉽고 간결하게 변화하면서 수요가 폭발적으로 증가해 대중화되었다는 공통점을 가지고 있다. 이제 사람들은 쌍꺼풀수술을 할 때 흉터 부담이 없는 매몰법과 눈이 더욱 커 보일 수 있는 트임수술을 염두에 두고 성형외과를 찾는다. 각지고 커 보이는 얼굴을 작고 갸름하게 하기 위해 양악수술을 하고, 이왕 수술하는 김에 지방이식까지 해서 볼륨감까지 개선하기를 원한다. 이러한 수술들은 시대가 원하는 이상적인 미인형을 만들기 위해 필요했던 다양한 조건들을 충족시키기 위해 개발되었고, 이러한 수술법들이 개발되면서 실제로 성형수술이 빠른 속도로 대중화되기도 했다.

잘 살펴보면 지난 90년대부터 지금까지 5년 주기로 새로운 성형수술법이 등장해왔다. 베이비붐 시대를 지나 사회가 경제적으로 안정되기 시작하면서 성형에 대한 수요가 증가하고, 이러한 바람을 충족시키고자 성형수술도 진화를 거듭해온 것이다. 앞으로는 어떤 성형수술이 1963년의 미니스커트처럼 사회를 바꾸어놓을까. 개인적으로 기대가 크다.

국경을 넘는 성형수술

비행기는 '세계 10대 발명품'으로 불릴 만큼 우리들의 삶의 변화에 미치는 영향력이 크다. 산맥과 바다에 가로막혀 있던 인간이 산 넘고 바다를 건너 또 다른 세계를 접할 수 있게 한 장본인이자, 한 나라의 문화가 세계 각국에 전파될 수 있게 된 계기이기도 하다.

의료계 역시 비행기의 덕으로 많은 영향을 받게 되었다. 서양의 의료 기술이 동양으로 전해지는 속도를 더욱 가속화했고, 더 나은 진료를 받기 위해 외국으로 나가는 것도 가능해졌다. 실제로 사람들은 국내에서 치료할 수 없는 병을 치료하기 위해 의료 선진국으로 떠나기도 한다.

보통 의료관광은 후진국에서 선진국으로 떠나는 편이다. 아직 의술이 발달하지 않은 곳의 환자가 더 나은 진료를 받을 수 있는 선진국으로 향하는 업스트림upstream의 형태이다. 우리나라 역시 과거에는 일본이나 미국으로 떠나 수술을 받곤 했다. 최근에는 거리가 가까운 중국에서 한국을 찾아오는 의료관광객을 많이 볼 수 있는데, 중국 청도에 사는 사람에게는 상해든 서울이든 비행기를 타면 같은 시간이 소요되지만 단지 한국에 올 때는 국경을 넘다 보니 의료관광이 되는 것이다. 이러한 상황에서 가장 문제가 되는 것은 경제력과 언어이다. 실제로 베트남인이 서울에서 수술을 받기 위해서는 서울에 사는 한국인에 비해 두 배의 비용이 든다. 예를 들어 사각턱수술이 한국에서 5백만 원이라면 외국인의 경우 수가 차이와 여행비용 등을 포함하면 실제로 1천만 원 정도의 비용이 든다는 것이다.

또 하나의 문제는 국가별 물가 차이다. 실제로 베트남의 생활 수준이나 물가는 우리나라에 비해 매우 낮다. 이런 경우 현지의 수술 비용은 우리나라 수가의 반 이하인 2백만 원 정도라고 할 수 있다. 따라서 베트남 환자가 한국에서 수술을 하기 위해서는 체감적으로 자국에서 수술을 받을 때보다 4배 이상의 비용을 지출해야 하는 것이다. 이러한 업스트림의 의료관광이 활성화되기 위해서는 이러한 비용의 지불을 상쇄할 충분한 가치가 있어야 한다. 절대적인 기술의 우위, 한류를 통한 문화적 동경 등이 이러한 가격을 상쇄할 수 있을 것이다.

이와는 반대인 경우도 있다. 최근에는 가격 경쟁력이 높아 의료관광을

반대로 가격 때문에 선진국에서 후진국으로 향하는 다운스트림downstream의 형태도 있다.

선택하는 사람들도 많이 늘어난 편이다. 미국에서는 가슴 성형을 하는 데 5천 달러가 넘게 드는 데 비해 브라질에서는 3천 달러면 가능하기 때문에 미국 대신 브라질에서 가슴 성형을 받는 사람들도 상당수다. 프랑스에서는 미국 대신 불가리아에서 수술을 받기도 한다. 수술 비용이 비교적 부담스럽지 않은 데 비해 수술에 대한 만족도는 높은 편이기 때문에 비용적인 면에서 타협이 가능한 제 3국을 찾는 다운스트림downstream의 형태를 취하는 것이다. 대개는 비용 때문에 선진국에서 근처의 후진국으로 움직인다.

영국은 다소 독특한 사회주의적 의료시스템이 운영되고 있는데, 이 시스템 때문에 무릎 수술을 받기 위해서는 2년 정도 기다려야 한다. 이 시간을 기다릴 수 없기 때문에 자비로 외국에서 빠른 시간 내에 수술을 받기도 한다. 일본 성형외과의 경우는 좀 특이하다. 일본은 우리보다 의료가 발달한 나라이고 얼마 전까지만 해도 한국의 환자들이 성형을 받으러 가던 성형선진국이었다. 하지만 성형외과와 미용외과가 나뉘어 있어 유능한 의사가 미용외과로 유입되지 않고 '잃어버린 10년'으로 대표되는 불경기를 거치면서 상대적으로 수술 비용의 부담이 적은 한국에 유입되는 경우가 늘어나고 있다.

태국은 앞서 이야기한 업스트림과 다운스트림의 의료관광이 동시에 나타나는 나라다. 세계 5대 의료관광지 중 하나로 태국의 범룽랏 병원이나 사마티벳 병원은 언젠가부터 의료관광을 공부하는 많은 사람들의 연구 대상이 되었다. 역사적으로 식민지배를 받아본 적이 없다 보니 문화적으로 콤플렉스가 별로 없고, 식량 자원이 풍부해 늘 풍족한 생활을 하는 편인데다 외국인과의 교류 또한 많기 때문에 정서적으로 많이 개방되어 있는 나라다. 성형에 대한 시각 또한 개방적인 편으로, 동남아에서 성형수술이 가장 발달한 나라이다. 문화적인 것과 함께 태국의 관광 사업이 발달되어 있고 휴양지가 많다는 것도 의료관광 발달에 좋은 조건이다. 실제 아랍 환자 중 치료를 위해 한국과 태국 중 한 곳을 선택해야 하는 상황에서 볼거리와 먹을거리가 더 풍부한 태국을 선택한 경우도 있었다. 그러다 보니 태국에서는 미국과 유럽 등에서 가격 경쟁력을 이유로 찾아오는 환자와 동남아, 아랍 등 주변 국가에서 더 나은 수술을 받기 위해 오는 환자들을 모두 볼 수 있다. 특히 아랍의 경우 의료기술이 낙후되어 있는 데 비해 태국에서는 표준적인 치료가 가능하기 때문에 성형을 받기 위해 태국을 찾는 아랍인들은 점점 더 증가하는 추세다.

태국은 성형의 틈새시장이라 볼 수 있는 성전환수술에서도 두각을 나타내고 있다. 개방적인 문화 때문에 성전환자에 대한 시선 또한 크게 부정적이지 않다 보니 자신의 성 정체성을 숨기지 않고 성전환수술을 받는 사람 또한 비교적 많은 편이다. 태국에서는 성전환을 하더라도 호적을 여자로 고치거나 이름을 개명하지 않는다고 한다. 사회적인 편견이 없기 때문인 것 같다. 이렇게 성전환수술 사례가 증가하자 세계의 트랜스젠더들이 성전환수술을 받기 위해 태국으로 몰려들었고, 태국은 성전환수술 분야에서 가장 뛰어난 실력을 보유한 나라가 되었다. 태국으로 유입된 트랜스젠더들은 단지 성전환수술만 받는 것이 아니라 그에 부수적으로 필요한 여러 치료를 받게 된다. 예를 들어 성전환자를 위한 호르몬 치료를 전문적으로 하는 내분비내과 클리닉이 발달한 것과 같은 경우이다.

우리나라도 태국과 비슷한 환경에 처해 있다고 볼 수 있다. 요즘은 중증 치료를 받으러 러시아에서 한국의 종합병원에 오는 환자들도 많다고 한다. 성형외과 분야에서 중국과 동남아 지역에서 오는 업스트림식 의료관광은 이미 자리를 잡았다.

일본에서 한국을 찾는 다운스트림식 의료관광 역시 점차 증가하는 추세다. 미국이나 유럽에 사는 부유한 아시아인들이 자신의 인종에 대해서 잘 모르는 미국에서 수술 받는 것도 싫고, 의료 기술에 대한 신뢰도가 떨어지는 고국으로 돌아가는 것도 싫은 경우 우리나라에서 두각을 나타내는 얼굴뼈성형을 받으러 한국을 찾는다. 심지어 서양인들도 양악수술이나 비만 수술 등 비교적으로 우위에 있는 성형수술을 받기 위해 한국에 오기도 한다.

실제로 우리 병원에 방문한 외국인 환자들의 국적을 살펴보면 서양인들이 많이 포함되어 있다. 우리나라도 태국의 의료관광 모델처럼 업스트림과 다운스트림식의 의료관광을 적절히 혼합하면서 얼굴뼈성형 등의 비교 우위 분야를 하나의 틈새시장으로 발전시켜보는 것은 어떨까.

성형 VS 성형 산업

지난해에도 많은 외국인이 한국에 와서 의료 시술이나 수술을 받았다. 그중에는 중증 치료나 한의학도 있지만 성형외과나 피부과 진료 등의 미용 진료가 큰 몫을 차지한다. 그러다 보니 성형을 산업으로 인식하고 육성하겠다는 뉴스도 접하게 된다. 단순히 성형수술만을 받는 것이 아니라 성형을 하면서 회복 기간 동안 한국을 관광하고 쇼핑하는 외국인이 증가했고, 이에 여행사들이 성형 관광 패키지를 잇달아 출시하는 등 의료업계를 포함해 다른 산업에까지 긍정적인 역할을 한다는 것이다.

매번 의료관광에 대한 통계가 발표되는 시점이면 정부도 민간도 고도로 발전한 우리나라의 성형수술을 떠들썩하게 소개하고 자랑스러워하기도 한다. 고부가가치의 산업으로서 성형이 높은 수익을 거둬들여 국제 경쟁력이 높아지고 세계적으로도 영향력이 커지고 있다는 것이다. 왜 우리나라가 유독 성형수술에 높은 경쟁력을 얻게 되었는지 분석 기사가 쏟아지고, 앞으로 의료관광을 어떻게 발전시켜나갈 것인지 정부 부처의 화려한 청사진도 확인할 수 있다.

하지만 아이러니하게도 이러한 '성형산업'에 대한 찬사와 달리 성형 자체에 대한 인식은 호의적이지 않은 것 같다. 우리나라가 성형수술을 많이 받는 나라라는 보도가 수년 전부터 있었다. 이것의 사실 여부는 별개로 하더라도 이런 보도에 대해 우리 국민의 태도는 뭔가 부끄러워 현실을 들킨 것 같다. 우리나라가 유난히 외모지상주의가 만연하여 이런 현상이 일어난 것으로 자학한다. 마치 우리나라가 '해외입양을 가장 많이 보내는 나라'라는 보도가 나올 때 느낌이다. 이쯤 되면 성형수술을 받는 사람은 자의식 없는 사람이거나 외모지상주의에 물든 사람이다. 내가 선택해서 수술을 받았다고 당당하게 말하기 어렵다. 성형외과 의사도 마찬가지다. 언젠가부터 대중매체에서는 성형을 조장한다는 이유로 성형 관련 코멘트를 하는 것이 금기로 되어 있다. 지하철이나 대중교통 수단에서의 의료 광고도 금지되어 있다.

그렇다면 성형을 하기 위해서 외국여행까지 하는 사람들을 우리는 어떻게 생각할까? 그들은 자기 나라에 출장 와서 성형수술을 하는 한국 성형외과 의사에 대해서 어떻게 생각할까? 우리나라에 오는 많은 외국인들은 한류 문화의 긍정적 영향을 받은 의식 있는 사람들이고 우리나라에서 성형수술을 받는 사람들은 외모지상주의에 물든 몰지각한 사람들일까? 외국인들이 성형수술을 많이 할 때는 의사가 자랑스러운 산업 역군이고, 한국인들을 많이 수술하면 의료를 상업주의로 전락시킨 돈에 눈먼 의사일까? 아니면, 미국에 마약을 공급하는 콜롬비아의 마약 카르텔처럼 우리나라에는 나쁘지만 수출을 해서 돈만 벌어오면 되는 것일까? 내가 의과대학을 다니던 시절에는 외국인을 수술한다는 것을 상상조차 해보지 못했는데, 이제 우리나라 성형외과에서 외국인을 보는 것은 너무 자연스러운 일이 되었다. 이제는 병원에 따라 외국인 환자가 더 많은 병원도 있다. 요즘은 외국인이 성형을 받으러 한국에 오는 것을 넘어, 직접 한국인 의사가 외국으로 가서 외국인 의사들에게 의술을 전파하기도 한다. 성형외과 의사들이 중국 각지에서 수술을 하고 있으며, 중동 국가에 우리나라가 위탁 운영하는 병원도 있다. 과거에 광부나 간호사가, 그리고 건설근로자가 해외로 파견 나가 산업 역군으로 활약한 것처럼, 더 예전에는 백제의 도공이 일본에 가서 도자기를 빚었듯이, 이제는 의료 인력을 수출해 높은 부가가치를 창출하는 시대가 되었다. 성형 수출이 관광 산업과 유통업계에까지 긍정적인 역할을 했다는 것은 각종 통계가 있지만 이러한 사회의 이중적 시선이 존재하는 한, 이런 현상은 오래가지 못할 것이라는 생각이 든다.

PART 05

지금은 생존성형시대

#외모로 평가받는 사회 #한국 사람들은 왜 성형을 많이 할까? #이것이 생존성형이다
#성형외과에 오는 차가 제일 후져요 #예술가의 얼굴 #당신의 프로크루스테스 침대 사이즈는 얼마인가?
#왜곡된 또 하나의 욕망, 모멸감 #성형한 연예인에게 누가 돌을 던지랴
#매부리코 성형과 한국인들의 성형에는 공통점이 있다

외모로 평가받는 사회

방송국에 근무하는 친구와 이야기를 나누다 "요즘은 아나운서 지원자들의 얼굴이 모두 비슷비슷해서 누구를 뽑아야 할지 고민스러울 때가 있다"라는 이야기를 듣게 되었다.
언제부턴가 방송국 아나운서는 모든 사람이 부러워하는 선망의 직업이 되었다. 그렇다 보니 많은 사람들이 아나운서가 되고 싶어 한다. 케이블을 포함해 방송사가 많아지긴 했지만 아나운서가 되기 위해 7~8수를 하는 사람들도 많다고 한다.
이중 여성들의 경우 외면할 수 없는 숙제가 있는데 그것은 소위 '아나운서 머리'를 할 수 있는 얼굴형이 필요하다는 것이다. 우리 병원에도 이처럼 아나운서를 지망하며 스펙 중 하나로 아나운서 얼굴형을 만들기 위해 찾는 환자들이 많다.

경애 씨는 서울에 있는 유서 깊은 대학에서 신문방송학을 전공하고 아나운서가 꿈인 재원이다. 흔히 말하는 스펙도 남부럽지 않게 쌓았고, 졸업 성적도 우수해 취업 시험에 자신감이 있었다. 그런 경애 씨는 언론고시로 불리는 방송사 시험에서 모두 낙방을 하자 부모님의 손에 이끌려 나를 찾았다. 외모 때문에 아나운서 면접에서 고배를 마신 것 같다는 것이 진료실을 찾은 이유였다.

한 조사 기관에 의하면 취업준비생 중 98퍼센트는 외모가 취업에 영향을 미친다고 이야기했다. 또 기업의 인사담당자 가운데 98퍼센트도 채용 시 '외모를 고려한다'고 이야기하고 있어 충격을 준다.

단지 취업에서만 해당되는 내용일까. 외모는 취업 이후 직장 내 업무 평가나 여러 관계망 안에서도 적잖은 영향을 주는 것으로 드러나고 있다. 경쟁력 없는 외모는 소외될 수밖에 없다는, 혹은 그럴 확률이 현저히 높다는 것이 오늘날 우리가 살아가는 사회적 분위기이자 불편한 진실이다.

여기에서 또 한 가지 생각해볼 것은 외모를 중심으로 인재를 뽑고, 사람을 평가하는 데 대해 어느 개인도, 기업도 죄책감을 느끼지 않는다는 사실이다.

물론 외모에 대한 관심이 비단 어제오늘의 이야기만은 아니다. 그리스 신화에 보면 프시케는 지나친 아름다움 때문에 아프로디테의 미움을 산다. 성경에서는 어떤가. 야곱이라는 청년은 라헬이라는 아름다운 여인을 얻기 위해 십수 년을 외삼촌 집에서 일했다고 말하고 있다. 절세 미인이었던 양귀비는 현종의 마음을 사로잡아 황후 이상의 권세를 누렸다. 이처럼 동서고금을 막론하고 아름다운 이들은 주목의 대상이자 충분한 값을 지불하고라도 얻고 싶은 결혼 상대였던 것 같다.

그러나 오늘날의 외모에 대한 기준은 과거의 것들과는 다른 시각에서 볼 필요가 있다. 어린아이에서부터 남녀노소 불구하고 모두가 외모를 가꾸는 데 열광하고 가치화한다. 그러다 보니 외모가 사람을 사귀고 인재를 뽑는 데 있어 하나의 잣대가 된 지 오래다.

한국 사람들은 왜 성형을 많이 할까?

/

해외 언론으로부터 인터뷰 요청을 받는 경우가 더러 있다. 《워싱턴포스트》와 《뉴욕타임스》와의 인터뷰를 통해 느낀 것은, '한국의 성형'에 대한 그들의 관심이었다. 특집으로 꾸며진 이 기사에서 내가 인터뷰할 내용은 '한국의 성형 붐, 이유는 있는가?'에 대한 것이었다. 한국에서 이렇게 성형이 유행하는 것을 최근에야 알게 되었다고 한다. 근대 성형수술이 발원한 것은 이탈리아라고 하지만 현대적인 성형수술의 확대는 지리적으로 미국이 근원지라고 할 수 있다. 미국의 영향을 받은 유럽과 라틴아메리카로 먼저 전파되고 그 이후에야 일본, 한국, 인도차이나 등의 아시아로 전파되었다. 한국은 70년대가 되어서야 성형외과가 자리를 잡기 시작했다고 할 수 있다. 이렇듯 미국에서 시발되어 여러 나라로 퍼져나간 성형수술이 유독 한국에서 열기가 뛰어난

The New York Times | International Herald Tribune

THE GLOBAL EDITION OF THE NEW YORK TIMES

GLOBAL EDITION
Asia Pacific

In South Korea, Plastic Surgery Comes Out of the Closet

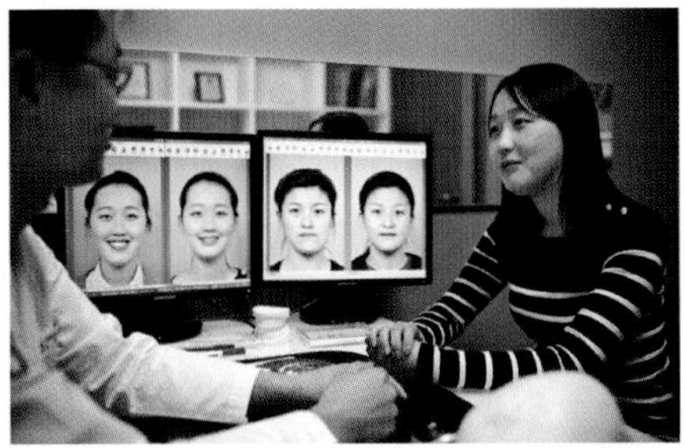

Dr.Park Sang-hoon, head of a top-maked clinic in southern Seoul, consulted with Chang Hae-jin after double-jaw surgery, procedure that involves cutting and rearranging the upper and lower jaws.

WORLD NEWS

SEOUL – With a blue pen, Dr. Seo Young-tae drew arches on Chang Hyang-sook's eyelids, marking where to cut and stitch to create a new fold to make her eyes look larger and rounder. It is an operation so common here that most women on Seoul streets seem to have a double fold, though only one of every five Koreans is born with one. "Promise you'll do a great job on my eyes," Ms. Chang said to Dr. Seo. "Never mind the pain. I can take it."

For Ms. Chang, 25, a makeup artist, the 2.3 million won, or about $2,000, eye job is just the finishing touch in a program several months long to remake her face. In the previous two months, Ms. Chang had not only had her teeth rearranged, but her jaw bones cut and repositioned, for 22 million won.

"You must endure pain to be beautiful," she said, adding that an eye job is so routine these days "it's not even considered surgery."
Cosmetic surgery has long been widespread in South Korea. But until recently, it was something to keep quiet about. No longer.

And as society has become more open about the practice, surgeries have become increasingly extreme. Double-jaw surgery – which was originally developed to repair facial deformities, and involves cutting and rearranging the upper and lower jaws – has become a favorite procedure for South Korean women who are no longer satisfied with mere nose jobs or with paring down cheekbones to achieve a smoother facial line.
Celebrities have helped to drive the trend, as they scramble to keep ahead of digital technology that mercilessly exposes not only their physical imperfections, but any attempts to remedy them, said Rando Kim, a professor of consumer science at Seoul National University.

"Wide-screen and high-definition TV put pressure on them to look good in close-ups," Mr. Kim said.
"And with the Internet, where people like to post 'before' and 'after' pictures, they can no longer hide it. So they go public, often talking proudly about it on TV."
That, in turn, has encouraged greater openness among ordinary South Koreans.
"It used to be all hush-hush when mothers brought their daughters in for a face-lift before taking them to match-makers," said Dr. Park Sang-hoon, head of ID Hospital. "Now young women go plastic surgery shopping around here."

우리나라는 외모의 영향력이 미국이나 그 어떤 나라보다 강하다. 루키즘의 강도가 센 나라인 것이다.

이유를 알고 싶다는 것이 논제였다.
실제 서양의 성형과 한국의 성형에는 크게 두 가지의 차이를 보인다. 그 하나는 성형수술을 받는 주 연령이고 다음이 성형수술을 하는 이유라고 할 수 있다. 이 두 가지 차이점에는 묘한 연관성을 가지고 있다. 먼저 성형수술을 받는 주 연령층을 보면, 서양에서는 주로 중년 이상에서 성형수술을 많이 받지만 우리나라에서는 대다수 젊은층에서 성형수술을 받는다. 중년 이상의 성형수술 인구들은 경제적인 안정을 이룬 상태이므로 스스로 성형수술 비용을 부담하지만 우리나라의 경우 경제적으로 불안정한 젊은층의 성형수술 비용 부담은 부모님의 차지다. 중년 이상에서 성형수술을 받는 서양의 경우 이유는 노화다. 나이가 들면서 노화가 진행되어 생기는 주름이나 탄력을 잃은 피부 등 노화 현상을 개선하여 젊게 보이고 싶은 의지에서 성형수술을 감행한다. 그런데 우리나라는 젊은층에서 성형수술을 한다. 젊다는 것 자체만으로도 빛나는 때에 성형수술을 하는 데에는 저마다 이유가 있다. 왜 젊은이들이 성형수술에 목을 매는 것일까? 유독 우리나라의 젊은이들이 외국의 젊은이들보다 더 많이 못생겼거나 아니면 외모에 대한 콤플렉스가 많거나 하기 때문일까?
현재 우리나라 상황을 보면 거의 모든 사람들이 외모 콤플렉스에 시달리고 있다고 해도 과언이 아니다. 그러나 이것은 단순히 개개인이 누군가와 비교해 못생겼기 때문에 생긴 콤플렉스라기보다 극심한 경쟁 속에 살아가는 사회적 측면에서 비롯된 것이다. 우리나라의 모든 사람이 다이어트를 하고 있는 것과 같은 맥락이다. 적어도 남들과 비슷하거나 남보다 더 좋은 외모를 갖는 것이 사회에서 좋은 직장을 얻고 원하는 미래를 향하는 행보에 필요하기 때문이다. 결국 예뻐지기 위해서 성형수술을 한다는 점에서는 미용성형이지만 그 근간에는 '살기 위해서, 살아남기 위해서' 한다는 절실함이 내재되어 있는 것이다.

이것이 생존성형이다

/

나는 우리나라 성형의 특징을 '생존성형survival plastic surgery'이라고 말한다. 우리가 사는 이 사회의 현실이 그렇다. 호감이 가고 매력적이고 생기 있게 보이는 등의 모든 말들을 '예쁘다'로 규정한다는 가정하에 우리 사회는 '예쁘면 성공하고, 예쁘면 살기 편한' 사회인 것이다.

실제 진료실에서 환자들을 상담하다 보면, 정상적이고도 건실한 대한민국의 젊은이가 성형외과에 오게 되는 단계에서 대부분 공통점이 보인다. 즉 초등학교나 중학교까지는 성형에 대해 크게 고민하지 않는다. 하지만 사춘기가 지나고 대학교에 들어가면서 또 다른 또래집단에 속하면서 외모에 대한 의식을 하게 된다. 대학은 사회와 직결된 관문이다. 그 안에서 이성친구들을 사귀거나 본격적인 사회로의 진출인 직장에 대해 고민하면서 외모가 얼마나 중요한지 깨닫게 된다. 그리고

여기서 '왜 우리나라가 성형 붐을 일으키나?'에 대한 답이 나온다. 우리나라 젊은이들은 저마다 사회적인 성공과 적응을 위해 과감히 '자신의 얼굴에 칼을 댄다'는 것이다.

그동안은 느껴보지 못한 외모 콤플렉스에 시달리게 되고 대안으로 성형수술의 필요성을 절실하게 느끼는 것이다.
상담을 하면서 이 젊은이들은 대부분 "제가 성형수술을 하게 될 줄 1~2년 전까지도 생각하지 못했다"고 운을 뗀다. 그동안은 성형수술에 대한 동기부여가 없었다는 것이다. 하지만 더 넓은 사회로 나가 당당하기 위해서 성형수술을 결심했다고들 한다. 결국 취업, 사회생활 적응, 좋은 인상, 원만한 대인관계 등의 외부적, 사회적, 경쟁적 동기가 부여된 것이다. 여기서 '왜 우리나라가 성형 붐을 일으키나?'에 대한 답이 나온다. 우리나라 젊은이들은 저마다 사회적인 성공과 적응을 위해 과감히 '자신의 얼굴에 칼을 댄다'는 것이다.
성형수술 비용의 부담을 누가 대느냐의 문제에서도 '생존성형'의 동기가 발현된다. 우리나라 젊은이들이 성형수술을 위해 진료실에 들어설 때, 그 비용을 기꺼이 부담하기 위해 부모님이 함께하는 경우가 많다. 기성세대인 부모들이 자녀들의 성형수술을 위해 지갑을 열게 된 이유 역시 '예뻐야 성공하고 예뻐야 살기 편하다'는 잠재의식이 담겨 있다. 성형수술 자체가 사회적으로 필요하다고 느끼고 그것이 이력서에는 기재되지 않는 자연스러운 스펙으로 자리 잡은 지 오래다. 물론 사회적인 성공의 잣대가 모두 다르고 개인적인 취향이 다르긴 하지만 이 사회에서 '외모'는 경쟁력임이 분명하다.

성형외과에 오는 차가 제일 후져요

현재 우리 병원이 위치한 곳은 지하철에서 걸어서 올 수 있는 거리다. 이전하기 위해 위치를 정할 때 내가 가장 중요하게 여긴 조건이 바로 환자들이 쉽게 올 수 있어야 한다는 점이었다. 지하철로 쉽고 편안하게 올 수 있는 병원이 우리가 지향하는 바를 상징적으로 함축하고 있는 조건이다. 현재의 건물로 이전하기 전, 내가 처음 개원했던 병원이 입주해 있던 빌딩에는 우리 병원뿐만 아니라 피부과를 비롯하여 뷰티숍과 명품가방을 파는 가게 등 다양한 업종이 입주해 있었다. 하루는 차를 주차하고 엘리베이터를 타러 가다가 수위아저씨를 만나 인사를 나눴다. 주차장에 비해 규모가 작고 들고나는 횟수도 많아 수위아저씨가 고생을 하실 때가 많아 그날도 그에 대한 고마움을 꺼냈다. 병원에 오는 차는 대체로 주차하고 있는 시간이 길기 때문에 죄송하다는 말을 했다.

"아휴, 무슨 말씀을…… 제 일인 걸요. 그런데 원장님, 제가 늘 궁금했던 게 하나 있는데……."

"네, 말씀하세요."

"제가 우리 건물에 들어오는 차를 관리하다 보면, 성형외과 병원에 오는 차가 제일 후져요. 하하. 제일 좋은 차가 올 것 같은데 말입니다. 하하."

아저씨의 말에는 성형외과를 찾는 사람이라면 당연히 돈이 많은 부자이니 차도 고급차를 타고 다닐 것이라는 전제가 깔려 있었다. 사실 수위아저씨만이 아니다. 많은 사람들이 그와 같은 생각을 한다. 성형은 돈 많은 사람들이 하는 것, 즉 돈 많은 사람들이 부리는 여유, 심지어 사치 중의 하나라는 생각이 성형을 바라보는 시선의 근저에 깔려 있다. 성형에 대해서는 여러 평가나 시선이 가능하기 때문에 단정적인 말을 하지 않는 편이지만, 이 부분에 대해서는 확실하게 말할 수 있고 말하고 싶다. 성형외과를 찾는 사람들은 결코 부자만이 아니다. 이것은 성형을 하는 이유와 직결되는 부분이기도 하다.

우리 병원에서는 환자들에게 리무진서비스를 실시하고 있다. 환자들이 수술하고 난 뒤 병원리무진으로 집까지 모셔다드리는 서비스다. 자연스레 환자들의 집 앞까지 가게 되고 그 동네의 분위기를 보게 된다.

병원 리무진은 소위 말해 강남의 고급 빌라나 아파트만이 아니라 다소 경제적 여건이 좋지 않은 가정이 많은 동네에도 부지런히 다닌다. 단호하게 말하는데, 성형은 부자들의 사치, 혹은 전용물이 아니다. 성형은 옷에 맞춰 골라 드는 백도, 기다렸다가 사는 수입 명품구두도 아니다. 시력이 좋지 않은 경우의 안경, 혹은 좀 더 편안하고, 좀 더 산을 잘 오를 수 있게 해주는 등산화 같은 경우가 훨씬 많다.

한 번은 병원에 새로 들어온 직원 중 한 명에게 이런 질문을 받았다.

"왜 우리 병원은 《럭셔리》나 《노블레스》 같은 잡지에 광고를 안 하나요? 그런 잡지를 보시는 분들을 겨냥해야 하는 거 아닌가요?"

《럭셔리》와 《노블레스》는 잡지명에서도 알 수 있듯이 명품브랜드 상품들이나 호텔, 음식점 등의 광고가 많다. 그 직원이 우리 병원을 위해 이런저런 고민을 하다 나온 질문이라는 것은 물론 안다. 앞서 말한 수위 아저씨의 생각과 그 직원의 생각은 같은 뿌리에서 나왔다. 성형은 돈 많은 사람들이 주로 할 것이라는 선입관 말이다.

"그런 잡지는 우리 병원을 찾는 대다수의 분들이 보는 잡지가 아니에요. 아이디병원이 추구하고 가고 있는 방향은 그런 것과 달라요. 우리가 유명한 외국 시계를 광고하는 잡지를 보는 분들을 주 고객층으로 여기면 안 된다는 사실을 기억해요."

물론 성형외과에는 부유한 분들도 많이 오고, 그런 분들도 각각의 이유를 가지고 성형을 위해 병원을 찾는다. 내가 이런 이야기들을 꺼낸 가장 중요한 핵심은 '성형의 이유와 돈이 많고 적음은 직접적인 관련이 없다'이다. 돈이 많다고 다 성형을 하고, 없다고 안 하는 것이 아니다. 말했지만, 성형은 살아가는 방법 중 하나이며, 그것을 선택하고 안 하고의 문제는 가치 기준에 대한 문제이다. 부자든 넉넉하지 못한 형편이든 '돈'이 성형을 하느냐 마느냐를 결정짓는 절대적 기준이 아니다. 넉넉하지 못한 형편일지라도 몇 년을 차곡차곡 모아서 성형을 하는 사람들도 있고, 부자지만 성형이 아니라 해외여행을 즐기거나 고급 차를 사는 데 돈을 쓰는 사람들도 있다. 3년 동안 부은 적금을 앞에 두고 첫 차를 장만할 것인지, 성형을 할 것인지, 유럽여행을 갈 것인지에 대한 고민은 그 사람의 삶을 살아가는 방식과 삶을 바라보는 태도에 의해 결론이 난다.

성형의 이유를 돈의 유무가 아니라 가치 기준으로 보는 관점이 필요하다. "성형외과에 오는 차들은 다 고급차일 줄 알았는데, 제일 후져요"라는 말이 나오게 되는 근본적인 생각이 변화되기를 바라는 마음이다.

성형은 옷에 맞춰 골라 드는 백도, 기다렸다가 사는 수입 명품구두도 아니다. 시력이 좋지 않은 경우의 안경, 혹은 좀 더 편안하고, 좀 더 산을 잘 오를 수 있게 해주는 등산화 같은 경우가 훨씬 많다.

예술가의 얼굴

천재 화가 파블로 피카소는 20대부터 90대까지 여러 점의 자화상을 그렸다. 독창적인 자신의 화풍을 담은 그의 자화상은 세월의 흐름과 함께 변화하는 그의 외모와 내면을 동시에 보여준다. 20대의 피카소는 스스로를 매우 잘생긴 사람으로 묘사했다. 그러나 나이가 들수록 그의 자화상은 기괴하기까지 한 모습으로 변화했다. 고흐와 고갱이 자화상으로 서로의 인생과 작품에 대한 교감을 나눈 것처럼, 예술가에게 자신의 모습과 동일시된 자화상이 가지는 의미는 각별하다. 네덜란드의 화가 렘브란트는 '그려진 자서전'이라 불릴 만큼 수많은 자화상으로 유명하다. 그는 죽기 전까지 매년 자신의 초상화를 그려왔는데, 중산층 가정에서 태어나 부와 명예를 누리며 살던 젊은 시절부터 파산 후 늙고 가난해진 비참한 최후를 담은 노년기에 이르기까지 인생의 모든 과정을 파노라마처럼 자화상으로 남겨두었다.

예술가에게 자화상이란 자신의 내면을 그대로 담은 거울이다. 그들의 자화상을 보면 자신이 스스로를 어떻게 바라보고 있는지 가늠해볼 수 있다. 이는 단순히 스스로의 인성에 대한 평가를 넘어 그 예술가가 대중에게 보여주고자 하는 콘텐츠와 그 콘텐츠를 어필하는 방식, 즉 표현이기도 하다.

얼마 전 일본에서 활동하는 한 인디 뮤지션이 우리 병원을 찾은 적이 있다. 그는 나에게 너무나 어려운 숙제를 안겨준 환자였다.

"원장님, 저는 제 노래를 표현할 수 있는 얼굴을 갖고 싶어요. 제 얼굴만 봐도 어떤 음악을 하는지 느낄 수 있게 성형해주세요."

다소 고민이 되는 요구였다. 차라리 눈이 큰 얼굴, 콧대가 시원스러운 얼굴, 턱 선이 날렵한 얼굴 같은 요구는 환자들이 일반적으로 원하는 분위기의 얼굴이 있기 때문에 예상이 가능하지만, '나의 노래를 표현하는 얼굴'이라는 것은 꽤나 난해했다. 같은 얼굴이라도 눈의 길이, 콧대의 높이, 턱의 모양과 각도 등에 따라 완전히 다른 이미지가 될 수 있는데, '노래를 표현하는 얼굴'은 판단이 주관적인지라 그가 들려준 그의 음악만으로는 어떤 얼굴을 원하는지 파악하기가 쉽지 않았다. 결국 원하는 얼굴의 사진을 보여달라고 말했지만, 그가 보여준 얼굴이 정말 자신의 노래를 표현하고 있는지는 모를 일이다.

예술가에게 자화상이란 자신의 내면을 그대로 담은 거울이다. 그들의 자화상을 보면 자신이 스스로를 어떻게 바라보고 있는지 가늠해볼 수 있다.

예술가들은 자화상에 자신의 나이와 인생, 당시의 트렌드 혹은 자신만의 고유한 화풍이나 작품 세계를 충실하게 담아내는 경향이 있다. 40대가 넘으면 얼굴에 책임을 져야 한다고 말했던 미국 링컨 대통령의 말처럼 자신의 작품 세계가 곧 자신의 인생을 보여준다 생각하기 때문이다. 나이가 들수록 더 많은 일을 경험하고, 경험치에 따라 인생을 대하는 태도가 달라지며 이러한 변화가 새로운 화풍으로 작품에 반영되는 것이다.

성형을 고민하는 사람들의 상담을 오랫동안 하다 보면 연령대별로, 혹은 시기에 따라 약간의 차이를 감지할 수 있다. 예뻐지고 싶다는 마음은 모두 같겠지만, 그렇다고 해서 20대가 40대의 얼굴을 원하거나 40대가 20대의 얼굴을 원하는 것은 아니다. 대체로 20대 사이에서, 30대 사이에서 혹은 40대 사이에서 원하는 얼굴이 조금씩 다른데, 이 역시 예술가들의 화풍이 변하는 것처럼 시간의 흐름에 따라 선호하는 얼굴형에 조금씩 차이가 생기기 마련이다. 얼굴형만 해도 과거에는 동글동글한 느낌의 U자형 얼굴형을 선호했지만, 점차 계란형 얼굴을 거쳐 그보다도 더 슬림한 V라인의 얼굴이 유행하다 지금은 다시 부드러운 V형의 동안형 얼굴을 선호하는 추세로 미인관이 변해왔다. 이들이 나이 들면 잔주름 없이 탄력 있는 얼굴을 더욱 선호할 것이며, 더 나이가 들면 열 살은 어려 보일 수 있는 동안을 추구할 것이다.

그렇다면 화풍이 변하듯 변화하는 이상적인 외모의 트렌드를 따라 꾸준히 성형하며 얼굴을 바꾸어야 하는 걸까? 아니면 성형수술 자체가 트렌디한 것이니 그 어떠한 수술도 하지 않아야 하는 것일까? 과연 한 사람의 삶과 내면을 표현하는 얼굴은 어떤 얼굴일까? 그러한 얼굴을 만들려면 어떻게 성형해야 할까?

당신의 프로크루스테스 침대 사이즈는 얼마인가?

그리스 신화 중 테세우스 이야기에 프로크루스테스라는 악인이 나온다. 프로크루스테스의 집에는 쇠 침대가 있었는데 프로크루스테스는 자기 영지를 지나가는 사람을 붙잡아 침대에 결박하고선 행인의 키가 침대보다 크면 잘라내고, 작으면 늘려서 죽였다. 테세우스는 아버지인 아테네의 왕을 만나러 가던 도중에 프로크루스테스 집에서 묵게 되어 프로크루스테스가 다른 사람들을 죽였던 방법으로 그를 죽인다.

우리 모두는 인지하든 못하든, 프로크루스테스의 침대에 결박된 채 산다. 침대의 종류와 결박의 정도는 모두 다르지만 말이다. 프로크루스테스의 침대는 스스로 만든 것, 다른 사람이 만든 것, 사회가 만든 것, 세 가지 정도로 얘기될 수 있다. 프로크루스테스 침대는 간단히 표현하면 아집과 편견이다. 아집과 편견은 어떤 고정관념에서 비롯된다.

우리는 '나는 이런 사람이다', '이것은 이런 것이다' 라고 스스로 규정해 놓고 그 속에서 살기 쉽다. 또한 다른 사람이 고집하는 편견이나 사회적 편견에 맞춰 행동해야 할 때도 있다. 스스로의 침대와 타인이나 사회의 침대가 일치하지 않아 충돌할 때 우리는 갈등하고 고민하고 힘들어한다.

인간관계에서는 나의 편견이 타인의 편견과 충돌하기 쉽고, 사회생활에서는 관습 등에서 비롯된 편견이 다수의 편견과 충돌하기 쉽다. 모든 편견이나 고정관념으로부터 자유롭기란 사실 불가능한 일이다. 하지만 자기 자신이 만든 고정관념에서 자유로워지려는 노력은 가능하다. 스스로 열려 있을 때 타인이나 사회의 프로크루스테스의 침대로부터도 자유로울 수 있으며 주도적으로 대처해나갈 수 있다. 현재도 그런 경우가 아예 없지는 않겠으나 과거 우리나라에서는 에이즈환자에 대한 편견이 다른 나라에 비해 매우 심하다는 이야기가 있었다. 동성이나 양성애자, 트랜스젠더, 성전환자 등 성소수자들에 대한 편견도 마찬가지다.

우리 사회가 하나의 원칙만을 갖고 사람을 평가한다면 많은 것을 잃을 수 있다. 그런데 우리 현실에는, 못생기거나 얼굴뼈 발달장애로 인해 평범하지 않은 사람들을 왕따시키거나 무시의 대상으로 여기면서 또 한편으로는 사회에 좀 더 잘 적응하기 위해서, 혹은 정상적인 외모

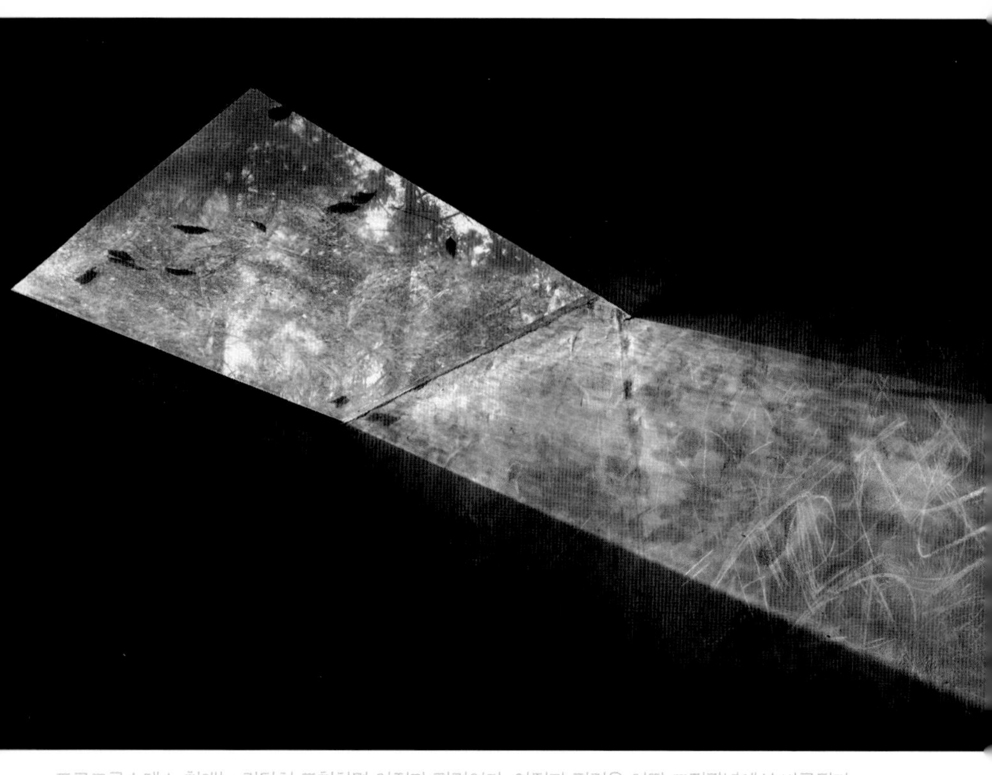

프로크루스테스 침대는 간단히 표현하면 아집과 편견이다. 아집과 편견은 어떤 고정관념에서 비롯된다.

를 갖기 위해서 성형수술을 하는 사람을 또 다른 차별의 시선으로 보는 사람들이 많다. 그런 사람들은 '성형'을 경기의 반칙 정도로 여기는 듯하다. 그러나 성형은 다른 사람을 이기기 위해서 다른 사람에게 해를 가하는 것도, 다른 사람을 속이는 것도 아니다. 오히려 다른 사람에게 지고 자꾸만 대열에서 밀리고 밀려 삶이 불안해져서 성형을 하는 사람들이 훨씬 더 많다. 그들이 성형을 하는 이유를 봐주고 평가하는 시각이 필요하다. 성형이 단순히 '예뻐지기' 위해서만 하는 것이 아니라 모든 콤플렉스와 열등감을 해소하고, 삶의 기회를 적극적으로 얻기 위해 하는 것이며, 그 결과에서 덤으로 예뻐졌다는 포괄적인 사고방식도 필요하다.

왜곡된 또 하나의 욕망,
모멸감

/

한때 포털사이트에서 '굴욕'이라는 단어가 유행처럼 오르내리던 시절이 있었다. 연예인, 운동선수 등 알려진 사람은 물론이고 일반인까지 대상으로 한 사진과 기사인데 사실 내용은 '남에게 억눌리어 업신여김을 당함'이라는 굴욕의 사전적 의미와는 거리가 멀다. 재미로 읽고 웃어넘길 수 있는 것이 대부분이다. 예를 들면 축구선수가 공을 차려다가 헛발질을 할 수도 있다. 여배우가 피곤해서 촬영장 한쪽에서 입을 벌리고 잘 수도 있고, 시상식 레드카펫을 걷다가 넘어질 수도 있다. 토크프로그램에서 말을 잘못할 수도 있고, 가수라도 목이 아플 땐 음 이탈을 낼 수도 있다.

성형외과는 아름다워지고 싶은 사람들의 욕구를 어느 정도 현실화시키는 공간이 분명하다. 하지만 그런 욕구의 뒷면에는 수많은 눈물과 절망 또한 억눌린 채 똬리를 틀고 있다. 그러한 눈물과 절망의 배경에는 굴욕감과 수치심이 자리하고 있다. 진료실에서 만나는 많은 환자들 중 절반 이상이 '굴욕감'과 '수치심'으로 우울감과 자살 충동까지 느껴봤다는 고백을 한다. 굴욕감으로 힘들어하는 사람들을 매일 만나는 성형외과 의사이기 때문인지 나는 '굴욕'이라는 부정적 단어를 쉽게 쓰는 사회현상에 관심을 갖게 되었다. 왜 '굴욕'이라는 부정적 단어가 아무렇지도 않게 많이 사용되고 있으며, 또 왜 그렇게 많은 이들이 관심을 갖고 클릭을 하는 것일까? 이런 생각을 하던 내게 사회심리학의 시각으로 어느 정도 답을 준 책이 있다. 성공회대 김찬호 교수의 《모멸감》이다. 저자는 미국의 정신과 의사이자 의식 지도의 창시자인 데이비드 호킨스 박사의 책에서 "수치심의 수준은 위험할 정도로 죽음과 가장 가까운 상태"라는 표현을 인용한 뒤 다음과 같이 말했다.

"죽음에 가장 가까운 상태라는 표현이 결코 과장이 아닌 것이, 극도의 수치심을 견디지 못해 자살을 선택하는 사건이 자주 일어나기 때문이다. 이때 수치심은 다른 어떤 감정보다도 파괴적인 속성을 지니고 있다."

"수치심은 사람을 죽게 하는 파괴적인 힘을 갖고 있다"는 구절을 읽으면서 우리 사회의 비중 있는 문제가 되어버린 '왕따'가 떠올랐다. 영화 〈우아한 거짓말〉은 보면 은근히 따돌림 당한다는 뜻의 '은따'의 피해자인 여중생 천지가 스스로 목숨을 끊고 난 뒤의 이야기를 그리고 있다.

왕따 문제도 그 속을 들여다보면 수치심, 모욕감, 자괴감 등이 자리하고 있다. 사람들과의 관계 속에서 살 수밖에 없는 우리 인간은 사람들 때문에 살 이유를 찾고 살맛 나는 동시에 바로 사람들 때문에 아파하고 죽음을 생각할 만큼 힘들어한다. 특히 사람과의 관계에서 모멸감을 느꼈을 때 가장 힘들어한다.

저자는 모멸감은 심한 경우 분노로 이어져 자기 자신은 물론 타인에 대한 폭력으로도 나타난다고 말하며, '모멸감'을 우리 한국인의 일상을 지배함으로써 많은 병리현상을 야기하는 마음속 덩어리로 정의한다. 그러면서 그는 다른 사람들로부터 인정받고 싶어 하는 욕구가 왜곡된 것이 바로 모멸감이라고 진단한다. 저자의 이러한 진단은 다른 사람을 무시하고 모욕감을 느끼게 하면 그 사람을 폭력적으로 만드는 것과 같다는 뜻이다. 그 폭력은 밖으로 표출될 수도 있고 안으로 표출될 수도 있다. 결국 모욕감은 그 사람을 가해자로도 피해자로도 만들 수 있으며, 자살이라는 극단적 결론을 만들어내기도 하는 것이다.

욕구는 개인의 삶에서도, 사회의 입장에서도 발전을 위해서 꼭 필요한 것이다. 대부분의 사람들은 다른 사람으로부터 인정을 받고 싶고, 잘한다는 칭찬을 받고 싶어 한다. 그러한 욕구가 긍정적인 에너지로 이어질 때 그 사람은 질적으로 성장할 수 있다. 그런데 질적으로 성장할 수 없을 경우에는 부정적인 역할을 한다고 저자는 말한다. 스스로 높아질 수 없다고 여기게 될 때 많은 사람들이 타인을 끌어내리고 싶어 한다. '너를 끌어내리고 그 자리에 내가 올라갈게'라거나 심지어 '차라리 우리 둘 다 추락하자'가 되어버린다. 그래서 타인을 경멸하고 모욕하는 일을 서슴지 않는다. 이런 유형의 사람들은 우리가 수많은 드라마에서 익히 볼 수 있는 유형이다. '모멸은 정서적인 원자폭탄'이라는 비유가 있다. 다시 말해 모멸은 인간이 인간에게 가할 수 있는 가장 무서운 폭력으로, 평생을 두고 시달리는 응어리를 가슴에 남기기 일쑤다.

책을 읽는 동안에 나를 찾아왔고 나를 찾아오는 환자들이 자꾸 떠올랐다. '굴욕'이란 부정적 단어가 넘치도록 유행되고 있는 까닭은 좌절된 자아로 인한 상처가 독성으로 변해 다른 사람에게 상처 준다는 것의 의미에 무감각해졌기 때문이 아닐까? 상처를 받은 사람이 다시 다른 사람에게 상처를 주는 악순환이 우리도 모르게 진행되고 있기 때문이 아닐까? 이 악순환의 고리를 끊어내기 위해 우리 모두가 타인 존중이라는 기본적 윤리를 지켜야 한다는 말이 나약하게 여겨진다. 하지만 그 말 외에 정답은 없지 않겠는가?

다른 사람의 외모를 비하하는 것쯤은 더 이상 양심에 걸리는 일도 아니게 되어버린 우리 사회. 외모가 꿈을 가로막는 걸림돌이 되는 이 사회에서 시스템의 변화라는 거대한 과제보다 선행되어야 할 것은 바로 우리 모두의 내면적 변화여야 하지 않을까 생각해본다.

성형한 연예인에게
누가 돌을 던지랴

/

성형외과 의사로서, 성형이 사람들에게 어떤 이미지로 비춰지는지는 나에게 매우 중요한 관심거리다. 많은 사람들이 성형으로 외모 콤플렉스를 극복하고 더욱 자신감 있는 삶을 살 수 있게 돕는 것이 나의 의무이지만, 사실 성형외과에 대한 대외적인 이미지가 꼭 긍정적이지만은 않다는 점을 의식하지 않을 수 없기 때문이다. 특히, 갑자기 성형 자체가 이슈화된 날은 더욱 그렇다. 그것이 긍정적이든 부정적이든 말이다.

가장 흔하게 생겨나는 이슈는 연예인의 성형수술이다. 오랜 공백 끝에 컴백한 연예인의 기사에는 '성형 의혹'이 빠지지 않고 등장한다. 각종 예능 프로그램에서 연예인들이 '눈만 살짝 찝었다'거나 '수술은 아니고 간단하게 손을 보았다'는 등의 이른바 '성형 커밍아웃'을 하고 나면 다음날 오전에는 해당 연예인의 성형 소식으로 인터넷이 떠들썩하다. 아무리 성형수술이 보편화된 지 오래라 하지만, 우리나라처럼 타인의 외모에 관심이 높은 사회에서 연예인의 성형은 어떤 면에서는 본업보다도 큰 화젯거리다. 작품이나 연예인 자신을 홍보하기 위해 자발적으로 성형 사실을 공개하기도 한다. 분위기가 지나치게 과열된 나머지 작품 자체는 화제가 되지 않은 채 출연 연예인의 성형 논란만을 남기는 사례도 더러 존재한다. 그럼에도 불구하고 연예인들의 성형은 앞으로 더욱 증가할 것이다. 직업 특성상 외모에 민감할 수밖에 없기 때문이다.

김민식 씨는 인지도는 높지 않지만 다양한 작품에서 강렬한 인상을 남긴 개성파 배우다. 배우라는 직업을 사랑하고 자신의 역할에 최선을 다하는 8년차 베테랑이다. 그러나 그러한 그도 외모에 대한 심각한 고민 끝에 우리 병원을 찾았다. 각이 있는 얼굴 때문에 매번 센 역할이나 악역만 하다 보니 맡을 수 있는 역할에 한계가 있다는 것이다. 편안한 역할의 의사나 선생님 등의 배역은 맡을 수가 없었고, '착한 친구' 같은 역할도 맡을 수가 없었다고 한다. 개성 있는 배우가 존중되어야 하는 것은 사실이지만 모든 배우가 개성이 있을 수는 없는 것이 현실이고, 소위 '범용' 배우, '대중적인' 배우가 되는 데 이러한 개성이 오히려 방해가 되는 경우도 있다. 차라리 얼굴이 평범하기라도 하면 연기로 커버할 수 있었을 텐데.

연예계에는 강한 인상을 가진 스타들이 많지만, 그들이 그 자리에 오르기까지 얼마나 많은 어려움이 있었을까 하는 생각을 해본다. 어쩌면 그들이 이미 유명해졌기 때문에 그들의 약점이 개성으로, 그리고 매력으로 보이는 것은 아닐까?

배우는 어떠한 이미지도 자연스럽게 어울릴 수 있는 보통의 얼굴이 되어야 유리한데, 인상이 센 얼굴 때문에 항상 비슷한 배역만 맡다보니 '언제까지 이 일을 할 수 있을까' 하는 걱정까지 든다는 민식 씨의 고민을 들으며 연예인의 성형이 그리 화려하지만은 않다는 것을 되새기게 되었다. 연예인은 겉으로 보이는 이미지가 매우 중요한 직업이다. 단순히 아름답고 잘생긴 것의 문제가 아니다. 같은 아름다움이라도 대중이 더욱 선호하는 아름다움, 대중에게 더욱 어필할 수 있는 매력이 있을수록 큰 경쟁력을 얻을 수 있다. 설령 아름답거나 잘생기지 않은 외모라도, 대중에게 자신을 제대로 어필하기 위해서 외모가 중요한 건 마찬가지다. 그들에게 외모란 자신의 연기를 하기 위한 도구이자 자신의 경쟁력인 것이다.

우리 병원 차트에는 직업적인 외모의 중요도에 따라 환자를 '외모가 결정적으로 중요한 직업', '외모가 중요한 직업', '외모의 중요도가 보통인 직업', '외모가 크게 중요하지 않은 직업'으로 분류한다. 사람마다 자신이 처한 환경과 상황에 따라 외모의 중요도가 달라지고, 수술 계획이 달라지기 때문이다. 연예인과 같이 겉으로 보이는 이미지가 중요한 직업이라면 아름답고 매력적인 외모가 매우 중요하다. 서비스직이나 영업사원 등 대인관계가 많은 직업이라면 아름다우면서도 신뢰감을 줄 수 있는 외모가 강점이 될 수 있다. 그러나 일반 사무직 등 대인관계의 중요도가 다소 떨어지는 직업이라면 외모의 중요성 역시 상대적으로 크지 않을 것이다.

그동안 수많은 연예인들이 자신의 성형을 털어놓았다. 용기 있는 고백에 박수를 받은 연예인이 있는가 하면 성형을 했다는 이유만으로 비난을 받은 연예인도 있다. 그러나 보다 높은 수준의 지식을 제공하기 위해 끊임없이 연구하는 지식인들의 활동이 당연한 것처럼, 연예인의 성형 역시 자신의 매력을 더욱 빛내기 위한 노력으로 보아야 한다고 생각한다. 따라서 연예인의 성형을 더 나은 연예계 활동을 위한 생존성형으로 인식하고, 성형 여부를 공개하게 되더라도 자연스러운 분위기에서 다루어져야 할 것이다.

매부리코 성형과 한국인들의 성형에는 공통점이 있다

2013년 초 프랑스의 한 TV방송국의 요청으로 인터뷰를 했다. 인터뷰의 주제를 정리하면 다음과 같았다.

"한국 사람들은 왜 그렇게 성형을 많이 하나요?"

그들의 눈에는 한국인들의 성형이 생소했던 모양이다. 하지만 이어지는 그들의 질문과 마지막에 나온 그들의 보신탕 운운한 대화에서 그들의 한국 성형에 대한 태도가 전적으로 호의적이거나 단순한 호기심 때문만은 아니라고 느끼게 되어 당혹스러웠다. 좀 더 자세히 말하면 그들의 논조는 '프랑스의 여성은 미인이면서 자존감이 강하고 문화적이기 때문에 성형수술을 하지 않는데 한국은 어떤 문제가 있어서 성형수술을 많이 하는 것인가? 문화적 혹은 인종적 열등감 때문은 아닌가?' 라고 미루어 짐작해볼 수 있었다. 과연 문화적으로 우월한 민족은 성형을 하지 않을까?

한국이 성형왕국이라는 말을 심심찮게 듣는다. 성형왕국이라는 단어가 많이 회자되기 시작한 것은 최근 2~3년의 일이다. 특히 2013년 1월 말쯤, 모 경제지의 기사에서 등장한 국제미용성형협회의 연구가 반복적으로 여러 매체에 인용되면서부터 성형왕국의 이미지가 더욱 굳건해지고 있다. 연구에 따르면 우리나라는 2011년 기준 약 65만 건의 성형수술이 시술되었으며, 인구 수 대비 1위를 차지한 것으로 나온다. 나라별 성형수술 시행 횟수로만 따졌을 때는 미국이 311만 건으로 가장 많았고, 뒤이어 브라질 145만 건, 일본 95만 건 순이었다. 이 연구의 데이터들이 어떤 기준에서 수집된 것인지, 또한 어떤 방법으로 모아졌는지는 정확히 알 수 없다. 그래서 연구 자체에 의문을 갖는 사람들도 있다. 예를 들어 급증하고 있는 중국인들의 성형수술과 한국 원정 수술을 근거로 한국 성형외과에서의 수술이 순수하게 한국인들을 대상으로 한 것이냐는 의문도 제기되고 있다. 하지만 조사 결과에 대한 이러한 의문을 안고서라도, 한국이 성형을 많이 하는 나라임을 부정할 수는 없다. 그렇다면 왜, 대한민국은 그토록 성형에 관심이 많은 나라가 되었을까?

'한국 사람들은 왜 성형을 많이 할까?'에 대한 첫 번째 대답은 '역사와 문화를 배경으로 하는 미의 기준이 바뀌었기 때문'이다. 즉, 역사와 문

결국 예뻐지기 위해서 성형수술을 한다는 점에서는 미용성형이지만 그 근간에는 '살기 위해서, 살아남기 위해서' 한다는 절실함이 내재되어 있는 것이다.

화적 배경 때문에 동양인의 미에 대한 기준이 서구적으로 바뀌었기 때문이다. 우리나라만의 특성이 아니라 아시아 국가의 특성이다. '미'라고 하는 것이 인종적이거나 지리적이기도 하지만 문화적 산물이기 때문이다. 서양의 영화가 인기를 끌게 되면 그 여주인공이 미의 기준이 된다. 서양의 화장품이 끊임없이 유혹하는 상업주의 문화에서 그 매개체는 화장품의 모델이 된다. 이렇게 미에 대한 기준이 변화하면서 성형이 발전하게 되는 것이다. 한류 드라마가 유행하면 한국의 미인형이 중국과 동남아시아에서 미인형으로 인식된다. 한국의 화장품 기술이 발전하고 한국 모델들의 사진이 아시아 곳곳에 뿌려지면서 이들이 아름다운 사람으로 인식된다. 프랑스의 화장품이, 미국의 영화산업이 우리에게 했던 것과 똑같은 일들이 우리 주위에서 일어나고 있는 것이다.

미의 기준에 대한 변화만이 이유라면 성형에 대한 유혹은 순수하게 개인의 의지만으로 이뤄지는 선택일 수 있다. 개개인의 가치관으로 외모적 콤플렉스를 대처할 수 있기 때문이다. 하지만 우리 사회는 그리 단순하지 않다.

현대 성형의 역사를 유대인의 코 성형수술로부터 보는 의견이 있다. 유대인들은 일명 '매부리코'를 가진 사람들이 압도적으로 많았고, 대부분의 유대인들이 매부리코 성형을 했다. 역사적 이유로 유대인들은 차별을 받았는데, 특징적인 코 때문에 유대인임이 쉽게 밝혀졌기 때문이다. 특히 히틀러가 통치하던 시대의 유대인에 대한 반감은 독일뿐만이 아니라 유럽 모두에서 공통적으로 나타났으며, 전 유럽에서 벌어진 유대인 학살은 수백만에 이르렀다. 그리고 유대인을 색출하는 과정에서 유대인들 대부분이 '매부리코'라는 점이 활용되었다. 유대인들은 살기 위해 매부리코를 수술했다. 그리고 제2차 세계대전 이후 유대인들은 모두 코 성형을 하기 시작했다. 1948년에 설립된 유대인들의 국가인 이스라엘에서는 국가의료보험을 적용시켜 코 성형수술을 국가적 차원에서 무료로 해주고 있다고 한다. 이스라엘의 이러한 정책에 따라 옛날에는 '유대인'의 상징적 특징이던 '매부리코'를 현재 대부분의 이스라엘 사람들, 즉 유대인들에게서 찾아보기 어렵다.

유대인들의 코 성형을 얘기하는 이유는 바로 '차별과 탄압'을 피하기 위해 고안된 성형수술이기 때문이다. '차별'은 지금도 여전히 성형수술을 하는 중요한 이유이다. 물론 유대인들처럼 직접적인 차별이나 탄압도 아니고, 특징적인 모양을 수정하기 위해서도 아니다. '예뻐지기' 위해 성형수술을 한다. 그런데 예뻐져야 하는 이유는 '예쁘지 않으면 차별을 받기' 때문이다. 한국 사람들은 왜 성형을 많이 하는가에 대한 나의 두 번째 답 또한 여기에 있다. 바로 '외모 때문에 차별받지 않기 위해서'이다. 루키즘lookism은 외모가 개개인의 인생 성패에까지 영향력을 미친다고 판단하고, 외모에 지나치게 집착하는 경향 또는 그러한 사회 풍조를 뜻한다. 한국말로 외모지상주의 혹은 외모차별주의로 번역되는 이 말은 미국 《뉴욕 타임스》의 칼럼니스트인 윌리엄 새파이어가 자신의 칼럼에서 사용하면서 떠오른 말이다. 우리나라는 외모의 영향력이 미국이나 그 어떤 나라보다 강하다. 루키즘의 강도가 센 나라인 것이다. 여러 설문조사에서도 외모가 취업과 배우자를 찾는 데 가장 중요한 영향을 미치는 것으로 나오고 있다. 아무리 인간성이 좋고, 최고 명문학교 출신이고, 그 분야의 실력이 뛰어나더라도 외모가 받쳐주지 않으면 그 능력은 온전히 인정받지 못한다. 외모 때문에 결혼은 물론이고, 취업 면접에서조차 차별을 받다 보니 외모에 신경 쓸 수밖에 없고, 외모를 바꾸겠다는 결정을 하게 된다.

'성형을 가장 많이 하는 나라'라는 연구는 '외모가 생존에 미치는 영향력에 대한 국가별 연구'와 함께 발표되어야 한다. '한국인들은 왜 성형을 많이 하는가'라는 질문은 '왜 한국 사회는 외모지상주의가 심한가?'라는 문제의 답부터 찾고 던져져야 하는 질문이다.

PART
06

/

성형, 인생이 달라질까?

#페이스오프, 축복인가 낯설음인가? #남편이 왜 바람났을까? #이 얼굴로 남들 앞에 설 수는 없잖아요?
#소심한 성형 #내게 너무 예쁜 나 #점점 더 작아지고 싶은 얼굴 #마음은 급해도 차근차근
#중독의 심리 #확신 오류 #끝없는 이기주의 #성형은 운명을 바꿀 수 있을까?

페이스오프,
축복인가 낯설음인가?

1997년, 오우삼 감독의 영화 〈페이스오프〉는 얼굴을 바꾼다는, 그 당시로는 특히 놀라운 발상으로 큰 인기를 끌었다. 얼굴이 뒤바뀐 형사와 범인이 거울을 사이에 두고 서로 총질을 하는 장면이 가장 인상적이었던 기억이 난다.

그때만 해도 얼굴을 바꾼다는 것은 그저 상상 속의 일이라 생각되었다. 그러나 이제 현실에서도 거의 '페이스오프' 수준으로의 변신이 실현되었다.

페이스오프 수술이 처음 이뤄진 것은 2010년 스페인 바르셀로나 발 데브론 대학병원에서였다. 환자는 수술 시점에서 5년 전에 총기 오발 사고로 얼굴을 심하게 다쳐 숨조차 제대로 쉬지 못했던 한 농부였다. 이 수술은 다른 사람의 얼굴 피부 전부를 통째로 이식하는 수술이다. 이

전에도 안면부 성형을 아홉 차례나 받았지만 실패한 병력이 있는 농부는 그 수술로 완벽하지는 못하지만 먹고 웃고, 말할 수 있게 되었다고 한다.

이러한 재건성형 외에 일반적으로 통용되고 있는 '페이스오프 수술'은 미용을 목적으로 하는 수술이다. 소위 '페이스오프 수술'이라 불리는 수술은 안면윤곽, 양악수술 등의 얼굴뼈 수술을 하거나, 여러 가지 얼굴 수술을 복합적으로 하여 얼굴이 근본적으로 변하여 주위사람들이 얼굴을 잘 알아보기 어려운 경우를 말한다. 때로는 범법자나 스파이 등이 자신의 신분을 위장할 목적으로 하기도 한다.

모든 성형수술이 마찬가지지만 특히 이러한 페이스오프 수술은 외모에 큰 변화를 가져오기 때문에 수술 전 상담에서 의사의 설명을 최대한 자세하고 진지하게 듣고 반드시 짚어보고 가야 할 부분이 있다.

몇 년 전, 나에게 사각턱과 광대 수술을 받은 현주 씨는 당시 대학 3학년이었다. 사각턱과 광대뼈 때문에 강해 보이는 인상이 여러 가지 면에서 걸림돌이 되기 때문에 수술을 결심했다고 했다.

현주 씨는 사각턱과 돌출입까지 함께 있는 상태였다. 양악수술을 통해 돌출입을 교정하고 사각턱을 정리하는 한편 광대뼈도 교정하기로 했다. 양악수술과 사각턱수술을 한 후 현주 씨는 가족도 몰라볼 정도로 얼굴이 완전히 바뀌었다.

바로 그 점이 문제였다. 회복 후 학교로 돌아간 현주 씨를 친구들이 알아보지 못했던 것이다. 목소리는 맞는데 얼굴을 알아볼 수 없다는 친구까지 있었다. 물론 현주 씨의 얼굴이 과거에 비해 너무 예뻐진 점도 작용했을 것이다. 가족은 물론 현주 씨의 변화를 보게 된 사람들은 예전에 비해 백배쯤 예뻐졌다고 칭송했다.

그런데 정작 현주 씨 자신이 수술 후 결과에 적응하지 못했다. 현주 씨는 집에서 매우 귀여움을 독차지하며 자란 딸이었다. 세상의 모든 부모님이 마찬가지겠지만 현주 씨 부모님은 현주 씨에게 "네가 세상에서 제일 예쁘다"고 늘 말해왔다고 한다.

그래서인지 현주 씨는 수술 전 얼굴에 대해서도 자신감을 갖고 있었다. 비록 강하고 세련돼 보이지 않는다는 주위의 얘기와 부모의 권유로 성형수술을 결정했지만 내심 굳이 수술하지 않아도 자신은 충분히 예쁘다고 생각하고 있었던 것이다.

수술 후 변화에 대한 설명을 충분히 해주었는데도 현주 씨는 사람들이 지적하는 광대와 사각턱만 수정하는 것이고 자신의 얼굴은 그대로 있을 것이라 생각했던 것임을 나중에야 알게 되었다. 결국 3개월 후 현주 씨는 나를 찾아왔다.

"원래도 난 예뻤는데, 양악수술 때문에 이렇게 되었어요. 나는 이 얼굴이 마음에 들지 않으니 예전의 얼굴로 돌려주세요."

사람들이 아무리 예뻐졌다고 해도 자신은 그것 자체가 스트레스라는 것이었다. 아무리 설명을 해주고 달래도 현주 씨는 막무가내였다. 실랑이 끝에 교정을 하기로 했는데 교정 후 현주 씨는 조금 더 예뻐졌다. 가족이나 친구들도 오히려 전보다 훨씬 나아졌다고 격려를 아끼지 않았다.

현주 씨는 모두의 격려에 변화된 자신의 모습을 받아들이는 것 같았다. 그러더니 1년 후 눈과 코 성형수술을 하고 나타났다. 정말 내 환자였지만 나도 이전의 현주 씨 얼굴을 기억하지 못할 정도로 얼굴은 바뀌어져 있었다.

그런데 실상은 변화된 자신의 얼굴에 여전히 적응하지 못했던 것 같다. 현주 씨는 그 사이 3년을 사귀던 남자친구와도 결별을 했는데, 바뀐 얼굴 때문에 인생이 꼬이기 시작했다고 믿는 듯했다.

갑자기 찾아와서는 자신의 예전 얼굴을 돌려달라고 억지를 부리기 시작했다. 몇 달 동안이나 그런 방문은 이어졌다. 가족들이 말렸지만 소용없었다. 현주 씨는 모든 불행이나 사건들이 다 수술 때문이라며 재수술을 요구했다.

실랑이 끝에 가족들의 만류로 현주 씨는 한동안 병원을 찾지 않았다. 나중에 들은 얘기로 선을 봐서 결혼을 했다고 했다. 결혼생활은 무난하지만 이전에 알던 사람들과는 연락을 하지 않고 서울 교외에서 살고 있다고 했다. 그녀는 달라진 얼굴을 스스로 못 견뎌하며 차라리 과거의 얼굴을 아는 사람들을 멀리하게 된 것이다.

이렇게 현주 씨처럼 수술 후 변한 자신의 모습에 적응하지 못하고 고통스러워하는 사람들이 더러 있다. 성형수술을 결정하면서 수술 후 변한 모습에 대해 정신적으로 준비가 되어 있지 않았기 때문에 나타나는 현상이다.

그러므로 성형수술을 고려할 때 가장 먼저 해야 할 일은 수술 후 변화된 자신의 모습에 대해 진지하게 생각하고, 그 모습을 기꺼이 받아들일 마음의 준비를 하는 것이다. 막연하게 예뻐지고 싶다는 생각이 아니라 수술을 하면 어떤 얼굴로 변하고 어떤 이미지가 될 것인지 구체적으로 생각해야 한다.

병원에서 상담할 때 그 부분에 대해 설명하고 시각적 자료도 보여주므로 흘려듣지 말고 새겨들으면서 미리 준비를 해야 한다. 그러한 마음의 준비가 된 후에 수술을 결정할 때 수술한 보람을 느끼게 될 것이다.

남편이 왜 바람났을까?

2009년도, 큰 인기를 끌었던 드라마 가운데 〈아내의 유혹〉을 기억할 것이다. 드라마가 방영되는 시간이면 주부들은 텔레비전 앞에 부동자세로 앉은 채 혹시 때맞춰 남편이 퇴근을 해도 거들떠보지 않았다는 드라마다.

전날 보지 않으면 모임의 대화에 끼지 못했다는 〈아내의 유혹〉을 한 글자로 표현하라고 하면 '점'이 아닐까?

이전과 똑같이 생겼는데 점 하나 찍은 아내를 다른 사람들은 물론이고 남편도 알아보지 못한다. 친구에게 남편을 빼앗기고 억울하게 물에 빠져 죽었다가 살아난 주인공은 얼굴에 점 하나 찍고 완전히 달라진 삶을 산다. 결국 친구가 자신에게 그랬던 것처럼 남편과 친구의 가정을 풍비박산 낸다. 복수에 성공한 것이다.

인기에 비례하여 욕도 엄청 먹은 것으로 알고 있는 이 드라마의 설정은 아내가 남편에게 버림받고 나서 성형을 하고, 사회적으로도 성공해서 복수를 한다는 것이다. 그리고 그야말로 새로 태어나듯 180도 달라진 사람이란 것을 대변하는 요소가 바로 '점'인 것이다.

난데없이 오래 전 드라마를 끄집어내는 까닭은 〈아내의 유혹〉을 꿈꾸는 여성들이 의외로 많이 찾아오기 때문이다.

쭈뼛거리며 진료실로 들어선 세희 씨는 첫인상대로 상담을 시작하고 한참이 지날 때까지 시선을 잘 맞추지도 못하고 얘기도 잘 못했다. 그런 그녀가 어렵게 털어놓은 이야기는 이랬다.

남편에게 다른 여자가 생겨 이혼을 했는데, 바람피운 사실을 들켰을 때 남편이 한 말이 계속 자신을 괴롭힌다는 것이었다. 남편이 그녀에게 한 말은 아내 얼굴이 너무 세 보여 다른 여자를 만났다는 핑계 아닌 핑계였다. 그녀는 남편의 여자를 만나봤는데, 어리고 예쁘고 여성스럽더라며 고개를 떨궜다.

사실 세희 씨는 살아오면서 성형에 대해 관심을 가진 적이 한 번도 없고, 당연히 성형에 대해 무지한 상태였다. 그런데 갑자기 닥친 불행 앞에서 자신의 외모에 문제가 있다고 생각하게 되어 병원을 찾은 것이다.

성형외과를 찾는 많은 사람들이 자칭 '성형박사'들로 성형에 대해 도가 텼다. 책, 인터넷 등 다양한 경로를 통해 자료를 찾아보고 직접 성형외과를 돌아다니며 알아보고, 서로 정보 교환을 하면서 축적된 성형 관련 지식이 거의 병원 상담실장 수준이다.

그런데 세희 씨처럼 성형을 하겠다는 생각도 해보지 않았고, 성형의 프로세스에 대해서는 전혀 모르는 분이 무턱대고 찾아오는 경우가 있다. 그런 분들이 원하는 이미지는 파악하기도 쉽지 않고, 본인의 얼굴로는 변화되기 어려운 모습일 때가 많다.

성형에 대해 너무 몰라도 성형수술을 통해 자신이 원하는 변화를 실현하기가 어렵다.

"강하게 보이는 이미지를 없애고 여리고 여성스럽게 해주시면 감사하겠어요."

그녀는 여전히 눈을 똑바로 마주치지 못하고 몸을 자꾸 들썩이고 움직이는 것이 몹시 불안해 보였다. 그녀에게 필요한 건 성형수술이 아니라는 생각이 들어 안타까웠다.

그녀의 얼굴이 강하게 보이는 것은 광대뼈와 사각턱 때문이었다. 하지만 나름대로 느낌이 있고 이목구비는 예쁜 편이었다.

실제로 그녀는 남편이 그 말을 하기 전까지, 아니 다른 여자를 선택하고 자신과 이혼하기 전까지 자신의 얼굴을 바꾸겠다는 생각을 하지 않았다. 하루에도 몇 번씩 거울을 봤을 테니 광대와 사각턱을 인지 못했을 리는 없는데 말이다.
아마 이혼을 하고 급격하게 자신감이 떨어진 듯 여겨졌다. 전남편에게 그런 말을 들었으니 그럴 만도 하다 싶었다. 하지만 얼굴뼈 수술은 일시적인 감정으로 선택할 수술이 아니었다.
지금까지 그 얼굴로 사셨고, 모든 여성들의 얼굴이 부드럽고 여성스러워야 할 필요는 없는데 왜 성형까지 해서 바꾸려고 하느냐는 내 질문에 그녀는 자신도 남편 보란 듯이 좋은 남자를 만나고 싶기 때문이라고 했다. 일종의 복수를 꿈꾸는 것이다. 그리고 이제 자신이 일을 해야 하는데 재취업을 하기 위해서는 얼굴이 준비되어야 한다고도 덧붙였다.
세희 씨처럼 남편과의 이혼 후에 성형을 결심하는 여성들이 의외로 많다. 경숙 씨도 그중 한 명인데, 사연이 더 놀라웠다.
남편이 자신과 헤어지고 다른 여자와 산 지 일 년 정도 되는데 최근 들어 두 사람 사이가 좋지 않다는 사실을 알게 되어 성형수술을 결심했다고 했다. 즉, 자신이 예뻐져 있으면 이런 기회에 남편의 마음이 다시 자신에게 올 것이라는 생각이었다.
성형수술을 원하는 환자에게 수술을 해드리면 된다. 나는 '성형외과' 의사니까. 하지만 난 비판 받을 각오로 냉정하게 묻는다. 나는 '의사'이기 때문이다.
정말 남편이 다른 여자를 만나게 된 것이 아내가 못생겨서일까? 정말 성형수술을 하면 남편에게 복수할 수 있을까? 성형수술로 얼굴이 예뻐지면 남편이 돌아올까?

나는 그녀들에게 이혼이라는 위기를 다른 시각으로도 한 번 보라고 권하고 싶다. 만약 못생겨서 남편에게 버림받은 것으로 생각한다면 그건 자기 자신에게 굉장히 미안한 일이지 않을까? 남편이 외모에 대한 발언을 했다 하더라도 자기 자신을 사랑하는 마음을 잃지 않아야 새로운 출발을 도모해볼 수 있지 않겠는가?

또한 이혼의 이유가 자신의 외모 때문이라 받아들인다면 이혼을 트라우마로 확정지어버리는 태도라고 생각한다. 그러면 스스로를 객관적으로 바라보지 못하고 평생 트라우마에 시달리면서 새로운 인생을 기획하고 실행해나갈 기회조차 갖지 못할 확률이 높다.

이혼이 자신의 외모 때문이라는 생각은 피해의식에서 비롯되는 생각이다. 뿐만 아니라 그와 동시에 무의식적으로 자신의 문제점을 최소화하며 자신은 불쌍한 피해자일 뿐이라고 여기는 열등감을 조장한다. 누가 됐든 열등감에서 벗어나지 않는다면 어떤 변화도 만들어낼 수 없다는 점을 기억했으면 한다. 성형수술만으로는 진정한 변화를 이끌어낼 수 없다.

이 얼굴로 남들 앞에 설 수는 없잖아요?

진영이는 내가 지금까지 만난 환자 중 나를 가장 힘들게 만들었던 환자다. 스물세 살 진영이는 나를 만났을 당시 유학을 포기하고 한국에 돌아와 지독한 외모 콤플렉스를 앓고 있었다. 대인기피증이 워낙 심해 가족들과의 대면도 피하고 아예 방에 틀어박혀 바깥출입을 하지 않았다. 그러면서 마지막 힘으로 희망을 부여잡듯 성형수술을 계획했던 것이다.

진영이가 어린 시절부터 이런 성향을 보인 것은 아니었다. 진영이는 어린 시절부터 음악에 대단한 재능을 보였다. 다섯 살 무렵에 처음 보낸 피아노 학원에서는 부모님을 불러 "진영이를 좀 더 좋은 기관에서 피아노 교육을 받도록 해보는 것이 어떻겠냐?"고 할 정도였다.

식당을 경영하시던 부모님은 외아들인 진영이가 피아니스트로 성장하는 것을 바라지 않았다. 그저 공부를 잘해서 의사나 판검사가 되기를 바랐다. 그러면 자신들처럼 구정물에 손 넣지 않고 편하게 살 수 있을 것이라고 생각했기 때문이다.

그런데 진영이의 음악적 재능은 초등학교 무렵 본인이 우겨서 배우게 된 기타 학원에서도 여지없이 빛을 발했다. 하지만 부모님은 "취미로 하는 것은 무방하지만 그것으로 업을 삼을 생각은 하지 말라"고 못을 박았다.

그래도 타고난 재능은 숨길 수 없는 법이었는지 진영이는 중학생이 되자 친구들과 모여 밴드를 조직했다. 공부하는 시간보다 음반을 듣거나 기타나 피아노로 작곡을 하는 시간이 더 많아졌다. 진영이가 고등학생이 되어서야 아버지는 그동안 신경 쓰지 못한 것에 대해 심각하게 후회를 하고 자녀의 교육에 집착하게 되었다. 어머니의 배려로 아버지 몰래 학원을 다니며 피아노와 기타 등을 배운 진영이는 어느덧 서울에 있는 고등학교 밴드들 중 최고의 뮤지션으로 소문이 자자했다. 진영이가 자작곡을 연주하는 모습을 유튜브에 올렸고, 그 노래는 고등학생들 사이에서 유행가처럼 불릴 정도로 유명해졌다. 하지만 아버지는 그것을 인정할 수 없었다. 진영이는 음악 실기로 높은 점수를 받고 모 예술대학에 합격했으나 아버지의 반대로 재수를 하게 되었다.

진영이의 성격이 변한 시기가 바로 이때부터였다. 차라리 크게 싸움을 했다거나 사고를 쳤다면 부모가 진영이의 증상을 빨리 알아차렸을 것이다. 피곤한 몸으로 귀가하신 부모님은 방에 틀어박혀 있는 진영이가 공부를 하는 것이라 믿었다.

다시 입시를 치러야 할 때가 되었는데 진영이는 아무런 준비가 되어 있지 않았다. 그렇다고 좋아하던 음악을 하는 것도 아니었다. 아무것도 하지 않고 그저 방안에 가만히 앉아 있었다. 부모님이 이유를 물어도 묵묵부답이었고 잔소리를 할라치면 오히려 무섭게 화를 냈다.

이러한 시간이 길어지면서 아버지와 진영이 사이에는 불화와 불신의 벽이 높아만 갔다. 진영이의 어머니는 남편 몰래 모아두었던 돈으로 대학 진학을 포기한 진영이를 호주로 유학 보내기로 했다. 진영이가 좋아하는 음악공부를 할 수 있도록 하기 위해서였다.

하지만 유학 생활 역시 만만치 않았다. 원래 사회성이 발달하지 못했던 진영이는 낯선 호주에서 친구들을 사귀지 못하고 학교생활에도 적응하지 못했다. 그 이유는 오래 전부터 갖고 있던 외모 콤플렉스의 영향이 컸다.

상담실에서 어머니와 함께 만난 진영이는 초조한 모습이 보이긴 했지만 자신의 문제에 대해서 상당히 구체적으로 설명하고 성형에 대해서도 공부를 많이 한 티가 났다.

자신의 문제는 큰 머리 때문이긴 하지만 이것은 수술을 할 수 없는 문제이고 아래턱을 뒤로 넣어주는 양악수술을 해주어야 하고, 그와 함께 사각턱 광대수술까지 해주어야 한다고 말했다. 그 과정에서 얼굴도 작아지고 얼굴의 비대칭도 좋아지길 바란다고 했다. 여기까지는 극히 정상적인 과정이었다. 어머니는 진영이에게 헌신적이셨고 진영이가 이렇게까지 외모 콤플렉스를 겪는 것을 마음 아파하면서 자신의 탓이라고 생각했다.

수술 전날 다시 만난 진영이는 자신이 원하는 연예인의 사진 여러 장을 가져왔다. 그중에는 장근석의 사진도 있었고 원빈의 사진도 있었다. 물론 이렇게 해달라는 것은 아니지만 참조를 해달라고 했다.

수술은 성공적으로 마쳤다. 하지만 수술을 하고 한 달이 되었을 때부터 진영이는 초조한 기색을 보이기 시작했다. 자신이 원하는 얼굴이 되지 않았다는 것이었다. 수술 후의 부기에 대해서도 설명했고 수술 결과가 나오려면 시간이 더 걸린다는 사실도 알려주었다.

편안한 마음으로 기다려야 하며 치아교정을 잘 받아야 한다는 말도 잊지 않았다. 하지만 진영이는 치아교정을 받는 것을 거부했다. 지금 치아가 문제가 아니라 뼈가 작아지지 않았기 때문에 재수술을 해야 한다는 것이었다.

치아교정을 거부한 채 진영이는 이틀에 한 번씩 병원을 찾아왔다. 그 때마다 A4용지 서너 장의 편지를 가져왔다. 그 편지는 자신의 문제에 대해 적은 것이었고, 어떻게 수술을 해야 한다는 수술 계획서였다. 진영이의 어머니는 처음에는 아들을 달래는 쪽이었지만 어느 순간부터는 아들의 편을 들어 추가적인 수술을 원하게 되었다.

자존감이 무척 낮은 진영이는 남이 하는 말에 크게 좌지우지되는 편이었다. 수술을 한 뒤 친구가 부정적인 말을 하자 바로 수술이 부족하다고 단정지어버린 것이다. 자신의 얼굴을 자신의 판단이 아니라 남이 평가하는 대로 봄으로써 대인기피증이 생겨난 경우였다.

그 어머니는 또 아들이 해달라는 대로 다 해주는 스타일이었다. 나는 참 난감했다. 진영이는 자존감이 약한 데다 의지도 약하고 마음도 무지 여려서 집밖으로 나가기만 하면 누구하고도 경쟁이 안 되고 늘 주눅이 들었다. 그나마 음악에서 두각을 나타냈으나 음악마저 하지 않으니 세상으로 나가는 것을 두려워했다. 본인은 그 이유를 얼굴 때문으로 생각했지만, 내가 보기에는 자존감이 낮기 때문이었다.

하지만 정신건강의학과도 아닌 나로서는 진영이와 어머니께 무슨 말을 더 이상 어떻게 해야 할지 막막해졌고, 하는 수 없이 3개월 만에 부분적인 추가 수술을 시행하였다.

그런데 두 번째 수술 후에는 처음보다 더욱 빠른 2주 후부터 초조한 기색을 보였다. 아직도 자신이 원하는 모습이 되지 않았다는 것이었다. 진영이와 진영이 어머님께 수술의 한계에 대해서 설명하면서 교정치료를 시작해야 함을 설득했다. 마지못해 진영이는 교정치료를 시작했다. 그러고는 바쁜 일정에 진영이의 일을 잊고 있었다.

그러던 어느 날 갑자기 병원을 찾은 진영이의 상태는 수술 후의 관리 부실로 턱관절 기능까지도 이상이 생긴 상태였다. 치아교정은 물론 하지 않았다는 사실도 알게 되었다. 하지만 여전히 자신의 외모에 병적으로 집착하는 모습을 보였다.

진영이는 계속해서 "이 얼굴로 남들 앞에 설 수는 없잖아요?"라며 아이돌 가수와 같은 외모를 갖고 무대에서 멋있게 연주하는 자신의 모습에 집착하고 있었다. 외모만 아이돌 가수처럼 되면 아이돌 가수 못지않은 성공을 할 것이라고 믿었다. 어머니 역시 자신의 외아들에 끝없이 끌려다니고 있었다.

이날 진영이가 나를 찾은 이유는 외국의 유명한 의사에게 가려고 하는데 수술 소견서를 영어로 써달라고 부탁하기 위해서였다. 도저히 한국에서는 자신이 만족할 만한 수술 결과가 나올 것 같지 않다는 것이었다. 더 이상 진영이와 어머니를 설득할 수 없다는 것이 느껴졌다. 영어로 소견서를 써주는 것으로 진영이와의 인연은 끝이 났다.

그 이후에 나는 두 사람의 이야기를 간접적으로 들을 기회가 있었다. 진영이는 생각하는 대로 외국에 가서 수술을 받고 왔으며, 그러고도 여전히 칩거 생활을 한다는 것이었다.

자존감이 무척 낮은 진영이는 남이 하는 말에 크게 좌지우지되는 편이었다. 수술을 한 뒤 친구가 부정적인 말을 하자 바로 수술이 부족하다고 단정지어버린 것이다.

대부분 양악수술이나 안면윤곽수술을 받기 위해 병원을 찾는 환자들은 수술 후 자신의 변화된 얼굴에 대한 기대감이 큰 편이다. 얼굴뼈 수술은 그만큼 수술 후에 외모의 변화도 눈에 띄게 나타날 뿐 아니라, 대부분의 환자가 수술 전에 외모 콤플렉스로 인해 내적으로 상처를 많이 받았기 때문이다.

그런데 이들 중 지나치게 수술 후 결과에 집착하는 환자들은 자신의 외모가 예전에 비해 훨씬 많이 좋아졌는데도 만족하지 못하는 경우가 종종 있다. 사실 우리 병원 홈페이지에 게재돼 있는 수술 전후 사진들을 봐도 양악수술이나 안면윤곽수술 후 결과는 페이스오프를 떠올릴 정도로 확연하다.

하지만 성형수술로 페이스오프와 비슷한 결과를 낳는다 할지라도 자신이 갖고 태어난 모습 안에서의 변화이지 자신과 전혀 다른 얼굴로 만들 수는 없다. 제아무리 수술 후 결과가 좋다고 해도 다른 사람으로 변하는 기적이 일어나는 것은 아니다.

그러므로 수술 전에 미리 변화될 자신의 모습에 대한 현실적인 검토가 필요하다. 자신이 현재 처한 외모의 단점을 변화시켜 좀 더 나은 모습으로 변할 것인지, 아니면 연예인의 얼굴로 완전히 변화되기를 원하는지 생각해보아야 한다. 지나친 기대는 실망으로 이어질 가능성이 높기 때문이다.

진영이가 대인기피증에서 벗어나 사람들과 부딪혀 나가면서 자신의 부족한 점은 채우고 뛰어난 점은 더욱 키워서 자신을 맘껏 표현하는 삶을 살았으면 좋겠다는 생각을 가끔 했다. 내가 해준 수술로 진영이의 삶에 긍정적인 변화가 찾아오기를 바랐는데 그런 결과가 나오지 않아 내내 걸리는 환자이다.

소심한 성형

/

상사에게 호되게 꾸지람을 들은 날 회식까지 겹치면 괴로움이 이만저만이 아닐 것이다. 꼴도 보기 싫은 상사를 퇴근 시간이 지나서까지 봐야 하다니. 분한 마음을 표현하고 싶지만 대놓고 드러낼 수는 없으니 소심하게 복수를 하기 시작한다. 상사가 벗어둔 신발을 몰래 밟거나, 다른 상사는 다 챙기면서 그 상사만 쏙 빼놓거나. 아무도 눈치채지 못할 만큼 소심한 복수지만 그렇게라도 하지 않으면 마음속 화가 가라앉지 않을 테니 눈에 보이지 않을 복수를 하는 것이다.

20대 초반의 환자들과 이야기하다 보면 눈에 띄지 않을 미미한 변화라도 얻기 위해 성형을 하는 경우가 많다. 고등학교를 졸업하면서 외모에 대한 관심이 폭발적으로 증가하다 보니 자신의 외모에서 부족한 점을 계속 발견하게 되는 것이다. 하지만 아직은 대놓고 수술한 티를 낼 정도로 자신의 주장이 뚜렷하지도 못하고, 실제로 이 시기에는 젊다는 것만으로도 충분히 아름다운 나이이기 때문에 자연스러운 변화를 원하다 못해 거의 티가 나지 않는 변화를 원한다. 절대로 티가 나지 않게 해달라는 것이 수술 전 가장 큰 요구이다 보니 의사의 입장에선 부담이 적긴 하지만 이 정도로 미미한 변화라면 굳이 수술이 필요할까 하는 생각이 들 때도 있다.

이렇게 티가 나지 않는 '소심한' 성형을 하는 사람들이 있는가 하면, 또 다른 의미의 소심한 성형을 하는 사람들도 있다. 외모에 대해 자신은 없지만 그럭저럭 만족하며 살아가는 사람이 있는 반면 어떤 사람들은 크게 문제가 없는 외모임에도 남들이 자신의 외모를 싫어하지는 않을까 노심초사하기도 한다. 자존감이 너무 낮아 외모에 대해 나쁜 이야기가 나오는 것 자체를 두려워하는 경우도 있다. 심지어 남자친구가 길을 걷다 다른 사람을 잠시 쳐다본 것만으로도 그가 외모 때문에 자신을 떠날까봐 불안함을 느낀다. 그 불안을 견딜 수 없는 소심한 사람들이 외모 때문에 미움 받지 않을 만한 얼굴을 만들기 위해, '소심한' 성형을 하기도 한다.

나는 이러한 사람들을 볼 때면 영화 〈아비정전〉이 떠오른다. 이 영화에서는 '발 없는 새'에 대한 이야기가 등장한다.

"세상에는 발 없는 새가 있다더군. 날아다니다 지치면 바람 속에서 쉬

버림받지 않기 위해서 성형하는 사람들이다.

지. 평생 단 한 번 땅에 내려앉는데 그건 바로 죽을 때지."

이 새는 아마 발이 없다는 결정적인 콤플렉스를 숨기고자 평생 땅에 내려앉지 않는 것을 택했을지도 모른다. 그러다 영화 말미에 다시 한 번 발 없는 새에 대한 이야기가 나온다. 그 새는 이미 날 때부터 죽어 있었던 거라고. 땅에 내려앉기 전 이미 마음으로는 죽었을 것이라는 뜻이다. 소심한 성형을 택하는 사람들도 어쩌면 타인이 내리는 외모 평가를 듣고 마음으로는 이미 수차례 상처받았을지 모르는 일이다.

그런데 다시 생각해보자. 외모 때문에 남들에게 미움을 받는다면 그건 누가 잘못된 것일까? 사실 내 외모에 대해 남이 내린 평가는 살아가는데 크게 문제가 되지 않는다. 외모로 인한 마음의 족쇄는 결국 스스로가 만드는 것이다. '남들이 좀 싫어하면 어때?'라고 생각하면 안 되는 것일까. 최근에 우연히 《미움 받을 용기》라는 책을 손에 잡고, 카페를 떠나지 못하고 다 읽었던 기억이 난다. 이 책에서는 "자유란 타인에게 미움을 받는 것"이라고 이야기하고 있다. 미움을 받는다는 것은 타인의 기준이 아닌, 나의 기준에 따라 살아가고 있다는 의미이다. 자유가 지나쳐 남에게 피해가 된다면 문제가 되겠지만, 나의 외모까지 남의 기준에 맞추어 바꿀 필요는 없다. 내 모습 있는 그대로 인정하며 살아갈 수 있는 것, 그것이야말로 진정한 자유가 아닐까?

내게 너무 예쁜 나

/

사람은 누구나 아름다워지고 싶어 한다. 심지어 외모에 크게 관심이 없다고 말하는 사람들도 이왕이면 아름다운 외모가 그렇지 않은 외모보다 낫다고 이야기한다. 그런데 원래 아름답게 태어난 사람들도 이 말에 동의할까?

공무원인 영은 씨는 어릴 적부터 미인대회 출전 권유를 자주 받아왔다고 한다. 누가 봐도 눈에 띄게 예쁜 외모 때문인지 번화가를 걸을 때면 연예인 제의가 수도 없이 이어졌다. 그러나 내성적이고 숫기 없는 성격의 영은 씨에게 이러한 상황은 전혀 달갑지 않은 것이었다. 조용하고 평범한 삶을 살기 위해 공무원이 되었지만, 워낙 화려하게 예쁜 얼굴이다 보니 불쾌한 일에 종종 휘말리기도 했다. 남들은 예뻐지고 싶어 큰돈을 들여 성형이나 시술을 하면서 자신을 가꾸는데 이해가 되지 않는다는 주변의 핀잔을 듣기 일쑤였지만, 영은 씨에게 자신의 예쁜 외모는 훌륭한 스펙이기보다는 삶의 걸림돌이었다.
사람마다 인생에서 중요하게 여기는 가치가 조금씩 다르다. 단란한 가정을 가꾸는 것이 중요한 사람이 있는가 하면 부와 명예가 중요하다 여기는 사람도 있다. 그리고 그러한 가치를 추구하는 과정에서 아름다운 외모는 누구에게나 플러스면 플러스이지 마이너스 요인이라 생각하기 쉽지 않다.
그렇다고 해서 정말로 모든 사람에게 아름다움이 꼭 이득이기만 한 것은 아닌 모양이다. 영은 씨처럼 평범한 삶을 살고 싶은 사람에게 아름다운 외모가 걸림돌인 것처럼, 인기 연예인들 중에도 너무 뛰어난 외모가 오히려 발목을 잡는 경우도 있다. 90년대 중후반 꽃미남의 대명사였던 배우 레오나르도 디카프리오는 연기력으로 인정받고 싶어 했지만 대중의 관심이 자신의 눈에 띄는 외모에만 집중되자 급격히 살을 찌우고 수염을 기르는 등 외모를 죽이기 위한 부단한 노력을 했다. 국내에서도 많은 미남 배우들이 새로운 작품을 시작할 때마다 자신을 꽃미남 스타가 아닌 연기자로 보아 달라는 당부의 말을 빼놓지 않는다.
일반인에게도 예외는 아니다. 외모가 중요한 스펙인 취업준비생들에게도 지나치게 잘생긴 외모는 오히려 취업에 방해가 된다고 한다. 인사 담당자들의 말에 따르면 영화배우처럼 화려한 외모는 취업에 도움이 되지 않는다는 것이다. 외모가 뛰어날수록 취업에 유리할 것이라는 취업준비생들의 기대와는 다소 동떨어져 보이기까지 하는 이 설문 내용은 빼어난 외모가 반드시 성공과 행복을 보장하는 것은 아니라는 사실을 보여준다.

아름다워지기 위해 성형을 한 후에도 이러한 혼란은 충분히 일어날 수 있다. 성형 후 자신이 아름다워질 것이라는 기대는 당연하지만, 기대 이상으로 지나치게 예뻐진 경우 오히려 변한 얼굴에 적응하지 못하고 스트레스를 받는 것이다. 주변 사람들이 너무 많이 변한 얼굴을 알아보지 못하는 정도의 불편함이 있는가 하면, 심하게는 예뻐진 얼굴 때문에 주목받는 것에 심한 부담을 느끼는 경우도 있다. 처음에는 사람들의 시선을 즐기지만, 점차 그 시선 때문에 생활에 불편이 생기고, 스트레스를 받게 되는 것이다. 이 케이스는 심한 경우 다시 자신을 수술해준 의사를 찾아가 "수술 전 얼굴로 다시 되돌려주세요"라는 불가능한 요구를 하기도 한다.

아름다운 외모가 살아가는 데 이득이 되는 세상을 살고 있지만, 반드시 모든 경우에 이득이 되는 것은 아니다. 즉, 아름다운 외모가 모든 행복의 필수 조건은 아닌 것이다. 어쩌면 사람들에게 필요한 것은 '아름다운 외모'보다는 '아름다운 외모에서 오는 자신감'일지도 모른다.

모든 사람에게 아름다움이 꼭 이득이기만 한 것은 아닌 모양이다. 영은 씨처럼 평범한 삶을 살고 싶은 사람에게 아름다운 외모가 걸림돌인 것처럼.

점점 더 작아지고 싶은 얼굴

우리 병원이 얼굴뼈성형을 많이 하는 병원이다 보니 얼굴뼈 발달장애를 가진 환자들도 많지만 반면 얼핏 보아 "고칠 데가 어디 있다고?"라는 의문이 들 정도로 예쁜 사람들도 많다. 이렇게 자타공인 예쁜 사람들이 나를 찾는 이유는 더 예뻐지기 위해서다.

모든 사람들이 부러워하는 부자라고 거기서 부의 축적을 멈추는 사람은 없다. 더 많은 부를 축적하기 위해 그들은 새로운 일을 하고 노력한다. 외모도 마찬가지다. 예쁘다고 주목받는 사람들은 더 예뻐지기 위해서 성형수술을 한다.

그런데 부에 대한 욕심도 지나치면 문제가 생길 수 있듯이 예뻐지고 싶은 욕심이 과해서 성형 중독에 걸리면 오히려 역효과가 발생할 수도 있다. 성형수술이란 자신의 얼굴에 맞게 조화를 이루도록 했을 때 '더 예뻐지고 싶다'는 욕구가 충족되는 것이지 횟수를 거듭한다고 더 예뻐지지는 않기 때문이다.

어느 날 모 미인대회 출신으로 연기자가 된 여자 연예인이 매니저인 듯한 사람과 나를 찾았다. 미인대회 출신에다 연예인이니 당연히 미모는 출중했다. 게다가 그녀는 이미 여러 군데 성형수술을 받은 뒤였다. 내가 보기에 더 이상 손댈 만한 곳은 찾기 어려운 상태였다. 그런 그녀가 나를 찾은 이유는 양악수술을 받기 위해서였다. 사실 그녀의 얼굴은 얼굴뼈 발달장애가 있었던 것도 아니고 크기도 거짓말 조금 보태 주먹만 했다.

한동안 말을 하지 못하고 망설이던 그녀는 "화면에 얼굴이 크게 나와요. 좀 더 축소할 수 있는 방법이 양악수술이라고 들어서……"라고 했다. 내가 보기에 그녀는 이미 한차례 안면윤곽수술을 받은 뒤였다.

내가 조심스럽게 양악수술에 대해 설명하자 그녀는 얼굴이 붉어지더니 "그럼…… 안 되나요?"라고 물었다.

"지금 육안으로만 보고 단정 지을 수 없고 일단 정확한 진단을 해봐야 할 것 같습니다."

나를 찾아오기 전까지 많은 생각을 했을 터이니 안 된다고 하더라도 정확한 설명을 해주고 싶었다.

진단 결과 그녀는 광대수술과 사각턱수술을 이미 받은 상태였다. 나는 가장 힘든 부분이 무엇이냐고 물었다. 그러자 그녀는 "얼굴이 너무 큰 것"이라고 했다. 그러면서 양악수술을 하고 싶다고 재차 말했다. 하지만 그 상태로 양악수술은 무리였다.

몇 시간 의논 끝에 '미니 V라인 앞턱수술'을 통해 턱 선을 좀 더 갸름하게 만들기로 했다. 큰 무리 없이 수술을 마쳤고, 다행히도 결과에 그녀도 만족해했다. 그 후 간혹 그녀에 대한 기사가 인터넷에 오르내렸다. 드라마에서 주연을 맡아 열연하고 있다는 내용이었다.

그런데 몇 개월이 지난 후 그녀가 진료가 끝나는 시간을 이용해 다시 나를 찾았다. 무슨 일인가 의아해하고 있는데 그녀는 망설임 없이 "아무래도 양악수술을 받아야겠어요"라고 했다. 이유는 이전 드라마에서 공동 주연을 맡았던 여자 연기자의 얼굴이 너무 작아서 상대적으로 자신의 얼굴이 너무 크게 나왔다는 것이었다.

그녀가 출연한 드라마를 본 적이 없지만 함께 주연을 맡았던 여자 연기자에 대해서는 알고 있었다. 내가 아는 한 그 연기자와 그녀의 얼굴 차이가 크게 다르지 않았다. 그녀는 작은 얼굴에 대한 피해망상이 있어 보였다. 나는 그녀에게 솔직하게 말했다.

"얼굴뼈도 안면윤곽술을 할 수 있는 한계라는 것이 분명히 존재합니다. 그런데 ㅇㅇ양은 이미 그 한계에 와 있으므로 더 이상 얼굴을 작게 만들 수 있는 적합한 수술법은 없어요. 지금도 정말 충분히 작고 아름다워요. 다른 시선으로 자신을 보면 좋겠어요."

내 말을 듣는 그녀의 얼굴을 보면서 나는 알았다. 내 말을 듣지 않을 것이라는 걸. 그녀는 계속 자리를 뜨지 않고 "어떻게든 방법이 없나요?"라고 울먹였다.

떼를 쓰다시피 하는 그녀를 돌려보내고 나서 1년 정도 뒤, 예기치 않게 TV에 나온 그녀를 보게 되었다. 내게 거절을 당한 후로 그녀는 여러 성형외과를 돌아다녔고, 끝내 수술을 받은 모양이었다.

TV에 비친 그녀의 얼굴은 내가 알던 그녀와는 다른 얼굴이었다. 웃는 모습이 예뻤던 그녀는 웃는 것 자체가 어색해 보였다. 게다가 턱은 지나치게 축소돼 오히려 무턱처럼 보였다.

이처럼 성형에 대한 집착은 '영예 추구형'의 성형 패턴을 보이는 환자들에게 보이는 현상이다. 연예인이나 스타를 지향하는 사람들에게 많이 나타난다. 그들은 항상 자신은 남들보다 뛰어나야 하고 남들의 이목을 받아야 한다는 강박관념에 사로잡혀 있다.

자신의 스타일은 뛰어나고 아무나 모방할 수 없다고 느끼며, 자신이 하는 일을 남들이 따라 하는 것을 즐기기 때문에 남들이 봐서는 무모해보이는 수술도 과감하게 뛰어든다. 하지만 그 결과가 항상 보답을 해주는 것은 아니다.

무모한 수술에는 무모한 결과가 기다리는 경우가 많다. 이런 상황이

성형에 대한 집착은 '영예 추구형'의 성형 패턴을 보이는 환자들에게 보이는 현상이다.

생기는 것은 의사들의 책임도 있음을 인정하지 않을 수 없다. 환자가 원하면 처음에는 불가능한 점을 설명하지만 점점 환자의 설득에 넘어가서 무모해 보이는 일에 공범이 되는 것이다.

얼마 전 한 중년 탤런트가 성형 멘토로 나섰다는 기사를 읽은 적이 있다. 젊은 시절부터 활약했던 그녀는 되풀이된 성형수술로 얼굴이 매우 부자연스러워지는 바람에 '성형괴물', '성형중독'이라는 꼬리표가 붙었다.

자신을 성괴라고 매도하는 네티즌 때문에 큰 상처를 받고, 자신이 의도하지 않았던 모습에서 벗어나기 위해 그녀는 또 성형을 했고, 그 과정에서 우울증과 대인기피증까지 겪게 되었다고 한다.

그랬던 그녀가 성형 부작용으로 인한 아픔을 극복하고 인터넷 카페를 개설하여 온라인에서 성형으로 인한 고통을 갖고 있는 사람들을 대상으로 상담을 하고 있다는 것이 기사 내용이었다. 또한 대학원에 진학하면서 미용학을 전공으로 선택했을 뿐만 아니라 논문 주제가 '현대여성들의 미용성형에 대한 인식과 실태'라고 기사에서 밝히고 있었다.

기사와 함께 실린 그녀의 얼굴은 아직도 조금은 부자연스러웠으나 웃음이 참 편안해 보였다. 다행이라는 생각이 들었다.

성형중독은 언론 매체에서 떠드는 것과 달리 현실에서는 극히 소수의 일이다. 하지만 분명 실재하는 일이다. 성형중독은 사실 굉장히 역설적인 현상이다. 아름다워지기 위해 성형을 하는데 성형을 함으로써 더 보기 흉하게 되는 결과를 낳기 때문이다. 하면 할수록 당연히 얼굴은 보기 흉하게 변하는데, 보기 흉한 얼굴을 아름다운 얼굴로 바꾸기 위해 또 성형을 하는 것이다.

마음은 급해도 차근차근

/

내가 어릴 때는 뷔페라는 것이 매우 귀했다. 아주 특별한 일이 있을 때 가는 곳이었다. 그래서 뷔페에 갈 기회가 생기면 전날부터 식음을 전폐하고 뷔페에서 최대한 많은 음식을 먹기 위한 만반의 준비를 하기도 했다. 그러다 나도 모르게 과식하게 되어 배탈이 나서 괴로워했던 적도 있다. 요즘 우리 집 아이들을 보면 좀 달라진 것 같다. 뷔페에 가도 많이 먹어야겠다는 스트레스가 별로 없다. 그래서 뒤탈도 없다.

우연한 기회에 성형에 눈을 뜨게 되면 '이런 것도 가능하다니' 하며 매우 놀라워한다. 눈을 크게 하는 수술도 있고, 피부를 당겨주는 수술도 있고, 신기하기만 하다. 이번 기회에 이런 수술을 다 해서 한 번에 10년 정도 어려지고 예뻐지고 싶다는 생각이 들게 된다. 이왕 전신마취하고 누웠는데 한꺼번에 다 하는 것이 편하겠다는 생각이 들기도 한다. 맞는 이야기이기도 하다. 필요한 수술을 잘 선택해서 한꺼번에 한다면 시너지가 있는 수술 결과를 볼 수도 있다.

하지만, 간혹 너무 무리한 욕심을 부리는 경우가 있다. 성형수술 후의 과정을 한 번도 겪어보지 못한 사람은 그 마음의 변화를 이해하기 어려울 수도 있다. 처음에는 많이 힘들다고 후회하는 경우도 있다. 갑자기 변한 모습에 적응이 잘 되지 않아서 당황스러워하는 경우도 있다. 또 수술 중 일부가 본인이 예상했던 것과 달라서 후회하는 경우도 있다.

내가 만났던 환자 중에 이혼 후에 사업을 할 예정이었던 분이 있었다. 환자는 그 전에는 전업주부로 사회활동을 하지 않았고 성형 등에도 전혀 관심이 없었다. 갑작스러운 이혼으로 직업을 가져야 하는 상황에서 그녀는 평소에 콤플렉스였던 부분을 개선해야 사업에 필요한 대인관계가 잘될 것이라는 생각을 하게 되어 성형외과를 찾게 되었다.

그러나 콤플렉스였던 부분에 대한 상담을 하던 중 자연스럽게 그 밖의 성형에 대한 정보를 접하게 된 그녀는 이번 기회에 자신의 얼굴을 지금의 얼굴과 완전 다르게 하겠다는 생각을 갖게 되었다. 하지만 막상 할 수 있는 최대한의 성형을 한 후 그녀의 얼굴은 그녀가 원했던 얼굴이 아니었다. 그녀는 카리스마 있으면서 단아한 분위기를 원했지만 실제 성형 후 모습은 성형을 과하게 한 중년의 여성일 뿐이었다.

최근에는 성형도 많이 보편화되어 예전처럼 무리하지 않고 절제하는

우연한 기회에 성형에 눈을 뜨게 되면 '이런 것도 가능하다니' 하며 매우 놀라워한다. 이왕 전신마취하고 누웠는데 한꺼번에 다 하는 것이 편하겠다는 생각이 들기도 한다.

분위기다. 특히 쁘띠 시술로 표현되는 필러, 보톡스 등의 시술이 대중화되어 짧은 시간에 무리하지 않고 자연스러운 변화를 얻을 수 있다. 자신이 오랫동안 가져온 콤플렉스를 우선 처리하고 그다음으로 넘어가는 것도 자연스럽고 좋은 전략이다. 여러 사람의 의견을 들어보는 것도 중요하다. 이런 경우에 전문가적으로 자기편이 되어줄 사람이 필요하다.

사실 사람은 누구나 유혹에 약하다. 자신의 단점들에 대해서 성형의 유혹을 받지 않고, 꿋꿋하게 절제된 모습을 보여 주는 것이 어려울 수도 있다. 하지만 욕심 부리지 않고 절제할수록 오히려 수술 전에 원했던 자연스럽고 아름다운 모습에 가까워질 수 있을 것이다.

중독의 심리

많은 사람들이 성형 중독은 더 예뻐지려는 사치심과 허영심 때문이라고 말한다. 냉정히 말하면 틀린 말은 아니다. '더 예뻐진다'는 것은 성형의 본질적 이유이니 말이다. 문제는 분명 객관적으로 봤을 때 더 나빠지고 있는데 멈추지 못하고 계속하게 된다는 부분이다. 바로 중독이다. 그렇다면 무언가에 중독되는 심리는 무엇일까?

일반적으로 우리는 그 대상이 무엇이든 중독에 빠지는 사람들은 의지력이 약한 사람들의 얘기며 자신과는 전혀 상관없는 일이라고만 생각한다. 나 역시 크게 다르지는 않았다. 그런데 몇 년 전 《중독의 심리학》을 읽고 중독의 심리에 대해 조금 다른 시각을 갖게 되었다.

20여 년간 중독치료 분야에서 일해온 저자 크레이그 네켄은 중독이 알코올이나 도박 등 특정 대상에서만 나타나는 현상이 아니라고 말한다.

그는 "중독은 현대사회가 다각화되고 다양해짐에 따라 중독의 대상도 점점 더 많아지고 일반적으로 알려진 것보다 훨씬 많은 사람들이 각종 중독으로 인해 정서적인 고립과 수치심, 그리고 절망 속에서 살아가고 있다"고 지적한다.

네켄의 진단 중 기억에 남는 내용은 "중독자는 힘들고 괴로운 현실을 피해 중독의 대상을 찾으며, 그 대상을 행하는 동안 행복을 느끼고 자신감이 충만하며 무엇이든 할 수 있을 것 같다고 느낀다"라는 부분이었다.

그러니까 중독자는 행복감을 연장하기 위해 어떤 행위를 계속한다고 보는 것이다. 고통스러운 감정을 은폐하기 위해서 술을 마시고 도박을 하고 쇼핑을 하는 동안 중독자는 자신이 힘이 있고 상황을 장악한다는 느낌을 얻게 되면서 중독 과정은 진전된다는 것이 네켄의 주장이다.

네켄에 의하면 중독자는 중독의 대상인 그 무엇인가를 하면서 기분 변화를 체험하기 때문에 자신의 정서적인 욕구가 충족되었다고 믿기 시작한다. 그러나 그건 착각이라고 그는 단호하게 말하고 있다.

중독자의 가족이나 지인들은 그를 치료하기 위해 다양한 방법을 동원한다. 약물치료도 이 중 하나이다. 그러나 네켄은 중독의 회복은 무엇보다 중독자의 내면에서 시작되어야 온전한 회복이 가능하다고 말한다. 가장 먼저 자신이 중독자임을 스스로 인정하는 것에서부터 회복을 위한 노력은 시작된다는 것이다.

나는 성형중독도 네켄이 말한 중독자의 심리에서 출발하고 진행된다고 본다. 남자친구로부터 버림받은 상처나 최종면접에서 탈락한 절망감으로부터 벗어나기 위해 시작한 성형수술이 어떤 문제가 발생할 때마다 하고 싶은, 하지 않으면 불안하고 초조해져 결국 해야만 하는 행위가 되어버린다.

하지만 성형수술은 자신감을 업그레이드시켜 주는 여러 방법들 중 하나에 불과하다. 더구나 책을 읽는다든지 영화를 본다든지 하는 행위와 달리 우리의 몸과 정신의 건강에 영향을 미치는 의료행위이다. 따라서 스스로 목표로 정한 부분에 대해 개선하고 난 뒤에는 수술이 확연하게 잘못된 경우를 제외하곤 성형을 자기계발의 하나로 삼지 않도록 주의해야 한다.

네켄의 말대로 성형중독의 회복은 자신의 내면에서부터 출발해야 한다. 먼저 성형중독임을 인정하고, 자기 자신에게 그때까지와는 다른 방법으로 집중해보자. 한 번도 접해보지 못한 외국어를 공부한다든지, 성형할 돈으로 배낭여행을 가는 것이다. 혹은 봉사를 해보자. 몸을 많이 쓰는 봉사일수록 좋다. 지역마다 있는 장애인복지회관에서는 언제나 봉사자들을 모집하고 있다.

내면의 중독자의 목소리가 점점 사라지면 숨죽여 있던 자아가 선명하게 보이기 시작할 것이다. 그때부터 성형 외 다른 방법으로 자신을 업그레이드하는 방법을 하나씩 알아가고 실천하게 된다. 그 과정에서 사람들과의 관계도 건강하게 회복될 것이다.

확신 오류

성형외과는 다른 진료과에 비해 독특한 분위기가 있다. 다른 진료과는 의사가 증상을 듣고 이에 따른 처방을 내려 진료가 이루어지는 데 비해 성형외과는 수술을 받을 사람이 자신의 증상에 대해 직접 진단을 내리고 적합한 수술법과 수술 계획까지 결정해서 오는 경우가 많다. 직접 성형을 받은 사람들로부터, 혹은 인터넷에서 얻은 정보로 내린 진단에 확신을 가지고 있으며, 그대로 성형을 하면 누구나 아름답다고 칭찬할 만한 얼굴이 될 것 같다고 생각한다.

꼭 성형을 받을 때만 그런 느낌이 드는 것은 아닐 것이다. 시험을 볼 때도 모르는 문제에 일단 답을 고르고 나면, 왠지 내가 찍은 답이 맞을 것 같은 이상한 확신이 드는 경우가 있다. 같은 복권을 사더라도 숫자가 정해진 복권을 그냥 고르는 경우보다 내 손으로 번호를 직접 선택하는 복권을 산 경우에 더 당첨 확률이 높을 것 같은 확신이 들게 된다. 사실 4지선다형의 문제를 맞힐 확률도, 복권에 당첨될 확률도 양자가 모두 같은데도 이러한 착각이 든다.

실제로 많은 일들이 스스로 결정하면 왠지 다 잘 풀릴 것 같은 확신이 들곤 한다. 그러나 이 확신은 실제로는 이성적 판단에 의한 것이 아닌 감정의 반응으로, 이 경우 자신의 힘으로 통제할 수 없는 부분까지 과도한 자신감이 생기게 되어서 나타나는 증상이다. 제 손으로 다이어트 계획을 세우고 헬스클럽에 3개월 등록을 하면 매일매일 헬스클럽에 빠지지 않고 갈 수 있을 것 같지만, 현실은 과도한 업무 때문에, 친구들과의 약속 때문에 일주일에 두세 번만 가도 성공적이라 평가받는다. 소송을 진행하고 있는 양쪽 변호사 50쌍에게 각자의 승소 확률을 물어보면 자신이 승소한다고 대답하는 변호사가 70퍼센트 이상이라고 한다. 두 변호사가 각각 원고와 피고의 변호를 맡을 때 한 쪽이 승소하면 한 쪽은 반드시 패소하니 실제 승소 확률은 50퍼센트가 정상인데 말이다. 자신이 진행하는 것에 대해서는 자연스러운 자신감 과잉이 이러한 판단을 하게 한다. 하지만 사람의 일은 뜻대로만 이루어지는 것은 아니다.

성형 역시 그러하다. 스스로 자신의 얼굴에 대해 진단을 내리고 수술 계획까지 세우다 보면 점점 자신이 전문가만큼 잘 안다는 자신감 과잉이 찾아온다. 그러나 자신감 과잉하에 내린 판단은 반드시 확신 오류에 빠지기 마련이다.

의사는 전문가이기 때문에 그 판단에 자신감 과잉과 논리의 비약이 있다는 사실을 이미 알고 있다. 수많은 환자들과 상담을 하다 보니 환자가 스스로 어떠한 진단을 내렸을 때 그 배경이 무엇일지 짐작할 수도 있다. 그렇기 때문에 의사는 환자가 자신감 과잉으로 내린 자체적 진단의 오류를 정확하게 짚어줄 필요가 있다. 그러나 분명 쉬운 일은 아니다. 이미 환자 스스로 수술 결과를 지나치게 확신하고 있기 때문이다.

자신의 선택이 한 번 성공한 경우에 그 자신감 과잉과 확신 오류의 가능성은 점점 높아지고 의료진의 말에는 점점 더 설득되지 않는다.

몇 해에 걸쳐서 여러 번의 수술을 받은 중국 환자가 있었다. 처음에는 광대축소술을 받았고, 그 다음해에는 사각턱수술을 받았다. 그 다음 해에는 다시 눈 수술을 받았다. 그런데 또 다음 해에 다시 병원을 방문해 이마성형을 하겠다고 상담을 받았다. 이번에는 그대로 할 수 없다는 생각이 들어서 수술을 강력하게 말려보았지만 환자는 막무가내였다. 크게 변할 것이 없다는 설명을 드리고 수술을 해드렸다. 다행히도 이 수술이 성공적으로 이루어졌다. 그런데 그 환자는 불만이었다. 이마보형물을 넣을 때 생긴 두피의 흉터가 마음에 들지 않는다는 것이었

자신의 선택이 한 번 성공한 경우에 그 자신감 과잉과 확신 오류의 가능성은 점점 높아지고 의료진의 말에는 점점 더 설득되지 않는다.

다. 정작 이마성형은 마음에 들고 그 외 다른 수술들도 성공적이라 말하면서도, 머리카락에 가려 잘 보이지 않는 흉터 때문에 수술 결과가 마음에 들지 않는다 말하는 것이었다. 그런데 자세히 이야기를 해보니, 자신이 계획해서 선택했던 모습이 나오지 않아서 계속해서 성형수술을 해왔다는 것이다. 자신의 선택에 조금이라도 문제가 있었다는 것을 받아들이기 힘들어 보였다.

끝없는 이기주의

/

사람은 누구나 어느 정도의 이기심을 가지고 있지만, 교육과 사회화 과정을 통해 남에게 피해를 주지 않는 선에서만 이기심이 허용될 수 있다는 것을 배우게 된다. 그러나 상황에 따라서는 도를 지나치는 이기심이 남들에게 어떤 피해를 주는지 잊은 듯한 이기적인 사람들을 보게 될 때도 있다.

항공사 직원들이 승객들에게 듣는 황당한 요구사항 중 하나가 "비행기 엔진 소리가 너무 시끄러워 잘 수가 없으니 엔진을 꺼달라"는 요구라고 한다. 상식적으로 엔진을 끄면 비행기가 날 수 없는데도 자신의 수면에 방해가 된다는 이유로 무리한 요구를 하는 것이다.

이밖에도 다른 사람들을 배려하지 않는 요구사항들은 수도 없이 많다. 이미 오랜 기간 사용한 물건이 고장 났다며 환불을 요구하기도 하고,

자신이 지불한 비용에 비해 과도한 서비스를 요구하기도 한다. 실현 불가능한 요구를 하며 자신이 얼마나 형편없는 서비스를 받고 있는지에 대해 강하게 어필하는 사람들도 존재한다. 그중에는 잘 모르기 때문에 무리한 요구를 하는 사람들도 있겠지만, 무리라는 것을 알면서도 강하게 주장하면 결국 원하는 대로 될 것을 알기 때문에 평소보다 강한 이기심을 발휘하는 경우도 드물지 않게 찾아볼 수 있다.

이렇게 무리한 요구를 하는 사람들을 볼 때면 나도 모르게 무리한 성형을 요구하는 사람들을 떠올리게 된다. 성형외과 또한 의료 서비스를 제공하는 곳이기 때문에 여러 유형의 사람들을 보게 되는데, 현재의 얼굴과 자연스럽게 어울리는 선에서 전문의의 상담 결과에 따라 적정 수준의 성형을 받는 사람들이 있는가 하면 의사로서의 인내심을 시험하게 하는 사람들도 있다.

예컨대 이런 경우다. 얼굴에 이물질 주입이나 여러 번의 안면윤곽수술로 부작용이 심한 얼굴을 재수술을 통해 간신히 정상을 찾게 했는데, 이 정도로는 만족이 안 된다며 재수술을 요구하는 경우나, 코 재수술에서 피부가 얇은 상태에서 최대한 코를 높이기도 했고, 얼굴의 전체적인 비율을 고려할 때 이미 콧대가 충분히 높고 더 이상 손을 대기 어려운데도 더 높고 오뚝한 코를 갖고 싶다며 무리한 성형을 요구하는 경우다. 무리한 성형이 오히려 얼굴을 망칠 수 있다는 점을 충분히 설명해도 그들에게는 소리 없는 아우성일 뿐이다. 마치 "난 싫어! 이걸론 안 돼! 무조건 더 예뻐지게 해놓으란 말이야!"라며 부모에게 무조건 떼를 쓰는 아이의 모습을 보는 것 같은 기분이 들 때가 있다.

사실 성형수술은 다른 수술과는 달리 미용적인 목적이 강하기 때문에 환자의 요구가 무리하다 해도 일단 여러 가지 관점에서 고려해보아야 한다. 그러나 무턱대고 환자가 원하는 대로 수술을 할 경우 노력과 비용에 비해 결과의 만족도가 높지 않을 것이 분명하다. 결과가 더 나빠지는 위험한 일이 생길 수도 있으므로 수술을 하는 전문가의 입장에서 부담스러운 것도 사실이다. 환자의 주장을 받아들여 무리라는 것을 알면서도 수술을 진행하는 의사도 있고 이러한 상황이 이해도 되지만, 과연 그것이 진정으로 환자를 위한 것인지는 잘 모르겠다. 의사가 자신의 결정에 확신을 갖지 못하고 환자의 요구에 휘둘리다 보면 오히려 최악의 상황이 초래되는 경우도 있기 때문이다.

개인적인 일을 보기 위해 외부로 다니다 보면 이렇게 무리한 요구로 인해 실랑이를 하는 사람들을 볼 때가 종종 있다. 그럴 때면 상담실에서 나에게 무리한 성형을 요구하는 환자들과 그들을 설득하는 나의 모습을 떠올려보게 된다.

성형은 운명을 바꿀 수 있을까?

태국은 좋은 날씨와 국토 덕분에 3모작이 가능하여 인도차이나 반도에서 전통적으로 가장 부유한 나라다. 6 · 25 전쟁 당시 우리나라에 파병을 했을 만큼 풍요로운 나라이기도 하다. 또 한 가지 특징은 이 나라가 우리나라보다 훨씬 더 의료관광이 발달한 나라라는 점이다. 우리나라가 성형수술로 의료관광의 저변을 넓혀왔다면, 태국 의료관광의 기반은 바로 '성전환수술'이다. 태국에 유독 성 정체성의 미스매치mismatch가 많아 성전환수술이 발달했는지, 혹은 역으로 성전환수술이 발달해 트랜스젠더가 많은지는 닭이 먼저냐 달걀이 먼저냐 하는 문제겠지만, 분명한 것은 태국이라는 나라는 트랜스젠더에 대해 사회적으로도 꽤 관대하게 용인하는 분위기라는 것이다. 트랜스젠더는 생물학적 젠더(주어진 성)와 사회적 젠더(선택한 성) 중 후자를 선택한 사례다.

태국의 사례까지 보지 않더라도, 우리나라에서도 방송을 통해 다수의 트랜스젠더를 만나볼 수 있었고, 이제 트랜스젠더라는 존재가 과거만큼 생소하지만은 않은 편이다. 그들이 수술 전 성 정체성의 혼란으로 인해 얼마나 힘들었는지, 수술을 결심하면서 얼마나 극심한 내적 갈등을 겪어왔는지, 수술 후 달라진 모습에 얼마나 만족하며 행복을 느끼는지에 대한 인터뷰 역시 수없이 접해왔다. 그들에게 성전환수술은 인생의 터닝포인트이자 제2의 인생의 시작일 것이다. 그런데 그들이 성을 선택해서 바뀐 인생은 그렇지 않은 인생과 어떻게 다를지 문득 궁금해졌다. 정말 그들의 인생을 바꾼 것이 성전환수술일까?

영화 〈베로니카의 이중생활〉에는 이름과 생일, 심지어 얼굴이 같은 폴란드의 베로니카와 프랑스의 베로니끄가 등장한다. 하나의 영혼이 두 개의 몸에 담겨 있는 '도플갱어'였던 두 사람은 우연히 서로 마주친 이후 극도의 경이감을 느낀다. 이들은 단순한 우연의 일치를 넘어 운명을 공유하고 서로의 감정에 영향을 받는다. 과연 베로니카와 베로니끄가 서로 만나지 않았다면 어땠을까.

영화 〈슬라이딩 도어즈〉에도 선택에 대한 재미있는 상황이 등장한다. 이 영화는 닫히고 있는 문을 비집고 들어가 지하철을 탄 헬렌과 타지 않은 헬렌이 겪은 각각의 해프닝들을 교차로 보여준다. 지하철에 탄 헬렌은 남자친구의 불륜 현장을 목격하고 그렇지 못한 헬렌은 간발의

과연 그들의 삶은 어떻게 달라질까? 달라진 모습이 그들의 영혼까지 영향을 미치게 될까?

차이로 이를 발견하지 못했다. 그러나 헬렌의 선택과는 무관하게 두 사람의 관계는 결국 비극을 맞이하게 된다.

관상 성형이라는 말이 나온다. 나쁜 팔자를 고치기 위해서 관상을 성형한다는 이야기다. 종종 성형으로 인생이 180도 바뀔 것이라는 지나친 기대를 품고 병원을 방문하는 환자를 볼 때면 성전환자의 삶과 도플갱어의 삶을 떠올리게 된다. 성형수술 후의 삶은 어쩌면 수술 전과 후라는 두 인체에 담긴 하나의 영혼이 세상을 대하는 방식이 될지도 모른다. 과연 그들의 삶은 어떻게 달라질까? 달라진 모습이 그들의 영혼까지 영향을 미치게 될까? 아니면 달라진 몸에 담긴 하나의 영혼인 이상 그들의 삶은 여전히 수술 전의 모습과 큰 차이 없이 살아가게 될까?

초판 1쇄 인쇄 2016년 12월 26일
초판 1쇄 발행 2016년 12월 29일

글 박상훈
사진 안태영

발행인 양원석
본부장 김재현
책임편집 전상수
책임진행 이보미
디자인 수인디자인(sooindesign@gmail.com)
해외저작권 황지현
제작 문태일
영업마케팅 이영인, 양근모, 박민범, 이주형, 이선미, 김보영

펴낸곳 ㈜알에이치코리아
주소 서울시 금천구 가산디지털2로 53, 20층(가산동, 한라시그마밸리)
편집문의 02.6443.8890 **구입문의** 02.6443.8838
홈페이지 http://rhk.co.kr
등록 2004년 1월 15일 제2-3726호

ISBN 978-89-255-6080-9 03810